FURKAN TAHA POSTALLI

GALATA SOKAĞI

DOKUZ

Galata Sokağı
Furkan Taha Postallı

Türü Deneme

Yayın Yönetmeni Ali Osman Başkuyu
Editör Şefika Aydın
Sayfa Tasarımı Ayhan Aslan
Kapak Tasarımı Gizem Ulaş

1. Baskı Ocak 2018, İstanbul

Yayınevi Sertifika No 23136
ISBN 978-605-2050-16-3

BASKI VE CİLT
Ege Basım Yayın
Maltepe Mah. Gümüşsuyu Cad.
Odin İş Merkezi B Blok Kat: 2 No: 436
Topkapı / İstanbul
Matbaa Sertifika No: 24381

DOKUZ YAYINCILIK
Kartaltepe Mah. 49. Sokak No:10/A
Bayrampaşa / İstanbul
0212 640 00 35

ŞUBE
Şükran Mah. Rampalı Çarşı No: 49
Meram / Konya
0332 351 81 29
Sıla Kitabevi

FURKAN TAHA POSTALLI

Galata Sokağı

DOKUZ

Her zaman en yakın arkadaşım olan

babam Murat Postallı*'ya sevgi ve saygılarımla...*

Bir rivayete göre bir kadınla bir erkek Galata Kulesi'ne ilk defa birlikte çıkmışlarsa mutlaka evlenirlermiş. Fakat çiftlerden biri daha önce kuleye çıktıysa –ister bir başına, isterse yanında birisiyle– bu tılsım bozulurmuş. Bilin istedim…

**Galata'nın Kız Kulesi'ni düşlediği gibi
düşlerim seni.**

Gözün gözüne değince,
    Ankara ayazında terlemeyi anlat.
Bana Galata'yı anlat,
Elin elimi sarınca o güzel rivayeti anlat.
Bana kar kürelerini anlat.
Ne anlattığının önemi yok,
Sadece sen konuşurken dudaklarını izleyip,
    seni dinlemek istiyorum.
Sen sadece anlat,
    ben zaten inanırım.

Galata gibiyim, yalnız...

Uzaktan baktın mı hiç Galata'ya?
İronik bir yalnızlığı vardır,
iğreti durur
    etrafındaki
    bütün binalar,
Belki yakınındadır ama
    onu anlamaktan çok uzakta...

Kalabalığın içinde
    yalnız hissettin mi
    kendini?
Belki o zaman anlarsın
    Galata'nın halini,
    tıpkı benim gibi.

Galata gibiyim, yalnız...

Her gün binlerce insan geçer sokağından,
El ele dolaşan sevgililer ısıtır içini,
Hayal eder Kız Kulesi'ni.

Bir gün onlar gibi olma umudu
onu bu kadar dik
ve mağrur yapmıştır belki de.

Sonra bir vapurun sesi uyandırır düşlerinden,
siz imkânsızsınız der gibi.
Martıların çığlıkları eşlik eder
onun sessiz haykırışlarına.

Ben geceye sevdalıyım,
Sabah uyanınca,
    rüyamda seni görüp
    sana âşık olarak uyanışlarıma
    sevdalıyım.

Arkadaş ortamında herkes gülerken
    "keşke o da burada olsaydı da beraber gülseydik" diye
    iç geçirişlerime
    sevdalıyım.

Ve ben en çok da
    Galata'nın Kız Kulesi'ne bakışına
    ve sana...

Herhangi bir canlıya rahatsızlık verebileceğim düşüncesi bile beni deli gibi rahatsız ediyor. Karşındaki senden rahatsız oluyor, seni istemiyor ve sen bundan rahatsız olmuyorsan bence çok büyük bir kayıp. Nasıl bir kayıp mı? Gurur kaybı. İnsana bunun fazlası zarar verse de, azı da yarar sağlamaz. Bana kalırsa gurur en az onur ve şeref kadar önemli olmalı insanın hayatında. **Sizi bilmem ama ben birine yük olacağıma yok olmayı tercih ediyorum.**

Benim tekrar
    uykusuz kalmam gerek.
Benim tekrar
    şarkılara anlam kazandırmam gerek.
Benim tekrar
    yaşama sebebi bulmam gerek.
Benim tekrar
    gece kavga edip mutsuz yattıktan sonra
    sabah soğuk bir günaydın mesajı almam gerek.
Benim tekrar
    yaptığım fevriliklere hayıflanmam gerek.
Benim tekrar
    arkadaşlarıma heyecanla
    birini anlatmam gerek.
Benim tekrar
    beraber kamp yapma hayali kurmam gerek.

Senlik bir durum yok,
    benim tekrar
    âşık olmam gerek.

Sevse böyle yapmazdı. Seni kaybetme korkusu olurdu, bu yüzden üstüne titrerdi. Ölümün var olduğunu bilirdi.

Bırakın kendinizi kandırmayı,
bahaneler bulmayı.

Seven insan kör olsa bile
o yolları bir şekilde görürdü.
Seven insan ayağa kalkacak mecali olmasa bile
sana koşardı.

Şimdi bırakın kendinizi kandırmayı ve bütün iskeleleri yakın, hiçbir gemi keyfine göre yanaşamasın kıyılarınıza. ***Demir atma mevsimi geçti artık zaten biz de gemileri yaktık.***

Çikolata yedikçe vücut serotonin salgılıyor ya, bu etki bende senin bir gülen yüzlü emoji attığın mesajınla gerçekleşiyor. Seninle konuşurken başka kimse aklıma gelmiyor, başka kimseyle konuşma gereği duymuyorum ve sürekli seninle konuşasım geliyor. Bana bıraktığın sadece uyuşturucu etkisi.

"Sana kızamıyorum."

Herkes tarafından sinirli, agresif, aniden parlayan biri olarak tanınırken nasıl olur da sana hiç kızamıyordum. Kızsam dahi ufacık bir mesajınla bile tebessüm yağmurunda ıslanıyorum.

"Sürekli affediyorum."

Bugüne kadar ufak hatalarla bile birçok kişiyi hayatımdan çıkaran ben, nasıl olur da sana sınırsız hata yapma lüksünü veriyordum. Affedilmeyecek şeyleri bile, kendimi kandırmak çok zaman alsa da zamanla sindirdim. Sende çözemediğim şeyler var. Bu nasıl bir tılsım?

"Nezaketen mi konuşuyorsun?"

Bana lütfen açık sözlü olun. Kırılırım diye söylemediğiniz şeyler beni inanın daha çok kırıyor. Çünkü bu hayatta en rahatsız olduğum şey bir insana rahatsızlık vermekken o insanın bana rahatsız olmayayım diye nezaketli davranması beni büyük yaralar.

Sizi bilmem ama benim hiçbir zaman gece kulüpleri, barlar ilgimi çekmedi. Ben daha çok yemyeşil ormanların içindeki ahşaptan yapılmış, üçgen çatılı, sabah uyanınca göle karşı kahvemi içmeyi arzuluyorum. Ya da güzel bir yere kamp kurup, mangal ateşinde marshmallow kızartmak gibi sade şeylerle mutlu oluyorum. Sadeliğin ve doğallığın üstünlüğünü kabul ediyorum.

Bazen diyorum ki keşke 1600-1700'lü yıllarda yaşasaydım, o zaman insanlar daha güvenilirmiş gibime geliyor. Daha sade bir yaşam, daha temiz düşüncelerin var olduğunu düşünüyorum. Şimdiki gibi sosyal medya bağımlılığı yok, insanların beğenilme kaygısı yok, dünyanın birçok yerinde insanların hayali "rahatça yemek bulabilmekken" bu doyumsuzluğu yok.

Bilmiyorum, belki de yanlış düşünüyorum, ulaşamadığım için bana daha cazip geliyor o yıllar. Kendimle çeliştiğim birçok şeye bunu da eklemeliyim ya da çok düşünmek belki de bazen o kadar iyi değildir.

Tam diyorsun
bu sefer bittim,
daha da kötüsü olamaz,
en dibe düştüm.
O sırada Allah başına öyle bir şey veriyor ki
bu zamanları mumla arıyorsun.

Bu yüzden her zaman şükür ettim. Benden daha kötü olanları var, dedim. Bir çile çekiyorsam Allah beni güzel günlere hazırlıyor demek ki, dedim. Bilmiyorum kimine göre şükür eşiğim çok düşük, kimine göreyse teselli ediyorum kendimi. Bilmiyorlardı ki bu benim hayat felsefemdi.

Gözünüzü seveyim net davranın.
Ya gece kadar karanlık olun
    ya da öğlen güneşi kadar aydınlık.
Ya kış kadar soğuk
    ya yaz kadar sıcak,
Ya ömür kadar kısa olun
    ya da geceler kadar uzun.

Ama kurbanınız olayım
    sakat bırakıp süründürmeyi bırakın,
    ölüm kadar net olun.

Bu hayatta bir yaşama amacınız olsun. Hayatınız sabah uyanınca saatlerce tavana bakıp, abur cubur yiyip bilgisayar oynamak ya da sadece gezip tozmak olmasın. Bir şeyler üretin, insanlara olmasa bile en azından kendinize bir şeyler katacak uğraşlar edinin. Aksi taktirde depresyon bağımlısı olup çıkarsınız. Bu dünyaya bir iz bırakamadan gitmek ve siz ölünce bir daha hiç hatırlanmayacak olmanız sizin aslında hiç doğmadığınız anlamına gelmez mi? **Bugünün dünün tekrarıysa "yaşıyorum" demek ne kadar doğru?**

Bahaneler üretip kendini kandırma, insanın en büyük düşmanı.

Bahaneler üretip kendini karamsarlığa veren insanın kendisidir. Başarmanın tadını kaç kere aldın? Ya da hiç aldın mı? Bu hayattaki tek başarısı üniversite kazanmak olmamalı bir insanın. Ölmek için yaşamamalı. Hani derler ya, *"Bu dünya için hiç ölmeyecek gibi, öbür dünya için ise her an ölecekmiş gibi çalış,"* diye, her ne kadar ben de tam anlamıyla uygulayamasam da hayat felsefeniz bu olsun. Bir de şu var; sağdan soldan duyduğu bilgileri, fikirleri kendininmiş gibi başka insanlara satmak. Tamam, bu sayede birkaç insanı tav edebilirsin kendine. Peki, ya bilgisizliğin, düşünmemişliğin seni tatmin etmemeye başlayınca ne yapacaksın? Dünyanın boş olduğunu, her şeyin anlamsız olduğunu düşünüp isyan mı edeceksin? Yoksa başka insanların düşüncelerini hiç düşünmeden saygısızca reddedip onlara sosyal medyadan hakaret mi edeceksin? Ya da kötü çocuğu oynayıp ailenin "uzak dur" dediği tiplerden olmaya çalışıp yaptığın kötü davranışlarla övünecek misin? Ya da televizyonda şehit haberlerini görünce "zaten moralim bozuk, şu kanalı değiştireyim" mi diyeceksin? Belki verdiğim bu örnekler sana şimdi saçma geliyor olabilir ama zamanla "zombi" oluşun bu seviyeye gelecek. Duyarsız, ilgisiz, tek derdi anı yaşayabilmek olan, onun haricinde sürekli mutsuz olan bireye dönüşeceksin. Ölünce de arkandan "odun geldi, odun gitti" diyecekler. Bu kelimeler sana dokunmuyor mu? Hiç mi? Hayır diyor olabilirsin umursamaz bir tavırla. Hayat senin için çok zor da olabilir. Ama senden daha kötü olanların var olduğunu düşünüp şükretmediğin sürece her geçen gün hayat geminde çatlaklar büyüyecek ve yavaş yavaş su alarak bütün mürettebatınla birlikte daha da dibe batacaksın.

Vakit hâlâ varken
ömür bahçene yaşama amacı dik.

Yarın çok geç olabilir...

Bari Siz Yapmayın

Zaten hayatımda sınırlı sayıda kişi var,
onlar da böyle davranınca
hiçbir şeye inancım kalmıyor.
Kurbanınız olayım,
bari siz yapmayın.
Yeter, gerçekten
yorul-
dum.

Ben her şeyin en güzelini senin için saklıyorum.
Mesela bugüne kadar
hiçbir kız arkadaşımla sinemaya
gitmedim.
Hiçbiriyle
kamp yapmaya
gitmedim.
Hiçbirinin uğruna
şarkılar
yazmadım.
Hiçbiriyle
festivallere
katılmadım.
Hiçbiriyle
tatile
çıkmadım.
Hiçbiriyle
sarhoş
olmadım.
Hiçbiriyle
el ele İstiklal'de
dolaşmadım.
Hiçbiriyle
vapurun arkasından Kız Kulesi'ni
izlemedim.
Hiçbiriyle
Galata Kulesi'ne
çıkmadım.

Zaman bu kadar hızlı geçerken
bazı geceler
neden günlerce sürüyor?

Tamam, kabul
çok mantıksız şeyler yaptım,
biliyorum.

Ama ne yapabilirim,
sevdim.

Böyle olmayacaktı.
Yan yana geçecekti
bizim günlerimiz,
yana yana değil.

Sokak lambalarından
tek farkım,
benim
yirmi dört saat
yanıyor ol-
mamdı.

Siz hiç sokakta yürürken, *"Allah'ım ne olur kafamı çevireyim de o çıksın karşıma,"* diye dua ettiniz mi? Ya da onun yanında birisini görünce, *"Arkadaşıdır inşallah yoksa ne kalbim dayanır ne de sinir sistemim,"* dediniz mi? Ve bunu demenize rağmen sinirden gözünüzden yaş aktı mı? Öfkeden kudurmanıza rağmen iki gün sonra o yazınca tüm yelkenlerinizi suya indirdiniz mi? Yoksa intikam mı almak istediniz? Canını yakmak mı?

Sana ne kadar "canım" desem de canını yakmak istediğim zamanlar da oldu ama hiçbirini eyleme dökemedim. Bu da benim yenik kinim olsun. Ama **eğer ileride benim de bir çocuğum olursa ve onun canını da böyle yakarlarsa anam avradım olsun katliam yaparım.**

Onun başkasına sarılma fikrinin aklından geçmesi bile sinir krizleri geçirmeme yeterliyken,

onu başkasını öperken görmek...

Bakın bu intihardır.

Hiç bu kadar uzun küs kalmamıştık. Bu sefer belki de gerçekten bitmiştik? Kim bilir belki de bizim sonumuz da böyle olacaktı. İtiraf edeyim, birkaç gündür aklımdasın. *Ne yapıyordur acaba,* diyorum. *Acaba biri var mıdır hayatında, unutmuş mudur beni?* Ama sen beni boş ver, yokluğuna alıştım ben senin. Bir süre daha böyle gider, sonra zaten toparlarım.

Alışığım ben canımın acımasına her ne kadar sen alıştırmış olsan da.

Kin beslemiyorum sana, yanlış anlama. Hatta bir itirafta daha bulunayım; şu an gelsen, kalbim seni tekrar affeder ama sen gittikten sonra değişen şeyler oldu. Mesela aklım kalbime darbe yaptı, yönetime el koydu anlayacağın. **Her ne kadar içim gel dese de, dışım gelme diyecek. Bu da benim yenik zaferim olsa gerek.** Birinin gelmesini bu kadar içten isterken gelmemesini söyleyebilecek gücü bulabilmek de kolay olmadı tabii. Bu seviyeye ulaşabilmek için gecelerce bölüm canavarlarıyla savaştım. Kolay olmadı ama bir şeyi çok istersem yaparım, bilirsin. Dilerim hiç kimse bu seviyeye ulaşacak tecrübeler edinmez. Canımı çok yaktılar...

"Panik atak."

Yine başladı. Gece uzun sürecekti benim için. Caddeden geçen arabaların korna sesleri kulağımın içinde yankılanıyordu.

Dünyada
bu kadar çok
oksijen varken
nasıl olur da
bana
yetmiyordu.

Nefesim kesiliyor ve ne kadar nefes alırsam alayım, seni içime çekermiş gibi oksijene doymuyorum. İnsan böyle zamanlarda anlıyor yaşamayı ne kadar çok sevdiğini. Öyle ya, insan kaybettiği zaman anlıyor birçok şeyin değerini.

Sen de
ben
tamamen gidince
anlayacaksın
bazı şeyleri.

Hata biraz da bizdeydi.
Üzerimize yıkılacağını bildiğimiz duvarları
çiçeklerle süslemeyecektik.

"Bu kadar mı bittik"

Bana göre biri değildin ama bunun için bile kendimi kandırmaya çalışıyordum. Kendimce teselliler verip bana uygun olabileceğine kendimi inandırmaya çalışıyordum. Kalbimin sözünü dinlemekten çok canım yandığı için bu sefer mantıklı hareket etmeye çalışıyordum. Bunu ileride daha az üzülmek için yapıyordum, olmazlara meyilli olan hayatımı oldurmaya çalışıyordum. Geceleri kendimi, "Allah'ım işine karışmak gibi olmasın ama hayırlısı bu değilse bile bu olsun, gerçekten artık çok yoruldum," diye ellerimi açmış Allah'a yalvarırken buluyordum. Gerçekten artık tükendim, hakkımda hayırlısı kimse çıksın karşıma.

Ben boş insanlar yüzünden günaha girmek istemiyorum. **Eğer bir günaha gireceksem en azından günaha gireceğim kişi buna değsin istiyorum.** Cehenneme gidersem konfetiler patlatarak, "Hoş geldin, biz de seni bekliyorduk," demelerinden korkuyorum.

Benim işlediğim günahlar yüzünden öbür tarafta annem babam da yanacaklar. Ben onların kılına zarar gelse vicdan azabından ölürüm derken onlara böyle bir kötülük yapmanın altından nasıl kalkabileceğimi düşünüyorum. Neyse, yine her zamanki gibi konuyu dağıttım. Ama senle çok güzel toparlarız daha önce de düştüğüm bu boşluktan beni çekip kurtardığın gibi. Hem de hiçbir şey yapmadan. Tek bir gülüşün bile bütün negatif enerjimi nötrlerken nasıl olur da şimdilerde senle bu kadar çok bittik, anlamıyorum.

Senin de gece yatınca nefesin daralıyor mu? Tam telefona uzanıp arayacakken ismime dakikalarca bakıp "ara" tuşuna basmaya cesaretin yok mu? Yoksa "bu gece de geçeri sabret" deyip uyumaya mı çalışıyorsun benim gibi? Gururundan ödün vermemek için yalnızlığa ödül mü veriyorsun yani? Sen de geceleri bana sarıldığını düşünüp yatağında salak salak gülümseyip mutlu oluyor musun benim gibi? Ve bütün bunlara rağmen beni aramıyor musun? Ben bu kadar fedakârlık yapmışken senin bu yaptığın iş mi şimdi? Yazıklar olsun, biz bu kadar mı bittik?

Bazı şarkıların en az bazı insanlar kadar yüreğe dokunduğuna inanıyorum. Bazı şarkılar sarılıp uyuturken bazıları narkozsuz kalp ameliyatı yapıyor. Acıyı bütün vücudunda hissediyorsun, yarım nefesler alıp verirken buluyorsun kendini. Artık iç sesin dayanamıyor ve "Allah'ım ne zaman geçecek bu acı?" diyerek yalvarıyor. Daha önce bu kadar dağıldığını hatırlamıyorsun. Her ne kadar kendini tecrübe ediyorum diye teselli etsen de gecelerini zehir eden kişiyi tekrar tekrar affedebilecek kadar salaksın. Hiç "ben olsam yapmam, ben olsam affetmem" diyenlerin mavralarına kanmayın.

Seven insan defalarca affeder,

hata yaptığını bile bile o hatayı seve seve yapar.

Bu bir yerden sonra, yani yeterince yıprandıktan sonra değişebiliyor tabii. Ne mi demek istiyorum? İnsan bir yerden sonra o kadar yıpranıyor ki bırak affetmeyi, birini kaybedecek gücü bile kalmıyor. Zaten alışmışsın kaybetmeye. Gitsin diyorsun, o da gitsin, zaten kaderimizde yazılı olan kişi olsaydı gitmezdi diyorsun.

Kalbimi şeye benzetiyorum: Üstünde kocaman "çimlere basmayın" tabelası olmasına rağmen üstüne basılmaktan çim kalmamış toprağa. Ben insanlardan ısrarla uzak durmaya çalışırken onlar benim hayatıma zorla girip kalbimi hiçe sayıp gittiler.

Kış gelmek üzere. Soğukları geldi, tanelerini bekliyoruz. Akşamüzeri bitti. Geceye giriyoruz. Saat 20.07 ve ben otobüsteyim. Cama başımı yaslayıp kafamın camla birlikte titreyişini izliyorum. Gözüme arabaların ışıkları çarpıyor. Yüzlerce, binlerce insan hepsi bir yere yetişmeye çalışıyor. Hepsinin en az bir derdi var. En az bir hastalığı, en az bir kere sevmişliği... Anlamıyorum; herkes bu kadar aşkı ararken nasıl olur da kimsenin aşktan yana yüzü gülmüyor. Herkes aynı acıları çekip, kimseye güvenemiyor. Ama herkes düzgün birini arıyor. Kim o zaman bu yanlış insanlar, güvensiz insanlar? **Herkes bu kadar doğruyken yanlış olan kim?**

Yazı seviyorum. Balkonda bütün sevdiklerinle otururken hafif bir yaz rüzgârının esmesini, karpuzu dikine kesip yanaklarımın karpuz olmasını, sıcaktan nefes alamıyorken iskeleden denize atlayıp suyun altındayken gözümü açmayı ve tuzlu suyun gözümü yakmasını, gece sahil boyu her yerden gelen o saçma yaz şarkılarını, bugüne kadar hiç olmayan o yaz aşkını, şezlongda uyuyakalıp gece uyuyamamayı, gece saat kaç olursa olsun insanların sokaklarda gülerek dolaşmasını, sürekli kanımın kaynamasını ve sürekli âşık olmak isteğini, küçükken yaptığım o saçma su savaşlarını... Bütün bunları üç kez yaşadım ben, üç yaz geçti ve sen hâlâ aklımdan çıkmamakta kararlısın.

Sen **gelirsen,**
kışın ortasında
papatyalar
açar.

Sen **gelirsen,**
patlamış sokak lambaları
ışık
saçar.

Sen **gelirsen,**
kin denen kaltağın
kapısını
sevgi
açar.

Sen **gelirsen,**
karanlık geceler
gündüzden
kaçar.

"Bağlanmayacaksam ne anlamı var?"

Kimle konuşsam, *"Sev ama bağlanma,"* diyor. Ben hiçbir zaman sevip de bağlanmamazlık yapamadım. Belki de ben çok salağım, ondan hiçbir ilişkim sağlıklı olmadı. Aklım almıyor, bir insan nasıl bağlanmadan sevebilir. Ben sevince küçük bir çocuğa dönüşüyorum. Sürekli yüzünü görmek, bokunu çıkarana kadar onunla birlikte olmak, kahve içerken dudaklarını izlemek, bir şey anlatırken gülüşüne gülmek istiyorum. Ulan bağlanmayacaksam ne anlamı var benim olmamın?

"Ben artık
sadece
bir kere
ölmek istiyorum!"

Galata'ndan öpüyorum,
gülüşüne sağlık.

Seninle,
İstiklal'den Galata'ya
hiç yürümedik.

Seninle,
vapurun arka tarafına
hiç gitmedik.

Seninle,
Kız Kulesi'nin Galata'ya bakışlarını
hiç konuşmadık.

Seninle,
Kadıköy sokaklarında gece yarısı
hiç şarkı söylemedik

Seninle, otobüs yolc...

Bunu tamamlamak istemiyorum
çünkü
biz yarım kaldık...

Kendine bile itiraf edemediği duygularını kendi içinde yıllarca yok etmeye çalışan insanları yalnızlıkla korkutamazsınız.

Duygularımı belli etmemem gerektiğini daha önceden öğrenmiştim. Deneyimliydim ve güçlüydüm ama ben deneyimli ve güçlü olmak istemiyordum. İnsanlarsa *olgunlaştın artık* diyorlardı. Ama benim ne olmak istediğimi kimse sormadı. Ben olgunlaşmak istemiyordum. Ben sadece birazcık, ucundan, kıyısından da olsa mutlu olmak istiyordum.

02.31
Uyuyamıyorum.

İki elimle yüzümü ovuşturup saçlarımı çekiyorum.
Sonra pencereyi açıp hava almayı deniyorum.
Bütün binaların ışıklarının kapalı oluşu içimi burkuyor.

Hiç mi derdiniz yok?
Hemen ışıklarınızı kapatıp uyumuşsunuz.

Düşünmekten pencereden düşesim geliyor.
Beni umursamayan bir insana
nasıl bu kadar çok değer veriyorum?
Belki de beni sinirlendiren asıl şey buydu.
Kendime yediremiyordum.
Beni istemeyen birini
nasıl bu kadar çok istiyordum?

Erkek adamız ya, itiraf edemiyoruz kimseye,
kendi içimizde savaşıyoruz.
Sorun olursa ciddiye almıyormuş gibi geçiştiriyoruz.
Enteresan olansa şu:
Savaştığın insan
sana savunma bile yapmıyor
ama sen her seferinde o duvarlara çarpıyorsun...

Şu an
yanımda olmayışın,
beraber anılar biriktirmiyor oluşumuz
tamamen senin senaryon.

Kendini teselli ederken suçu bana yükleme çünkü altında kalırım. Galiba kalmıştım da. Oysa tek isteğim sonsuza kadar aklında kalabilmekken nasıl oldu da altında kaldım? Ya da bana sarılmamak için kendini zor tuttuğunu söylerdin. Kendini sarılmamak için tutabiliyor oluşun bu dünyada sevdiklerini toprak altında görmediğinden miydi?

Ölüm var,
sarıl bana.
Kemiklerimi kırarcasına
sarıl...
Kokun kokuma sinercesine
sarıl...
Öyle içten sarıl ki
içimdeki kelebeklerin
ömrü uzasın...

Aşk nedir?

Aşk nedir? Bana kalırsa aşk, sevginin son seviyesidir lakin bilirsiniz ki son seviyelerdeki bölüm canavarını geçmek pek de kolay değildir. Ben bugüne kadar son seviyeyi geçeni görmedim. Herkes *severek evlendik* diyor, *âşık olarak evlendik* diyene daha şahit olmadım.

Hak veriyorum, çok zor bir bölüm canavarı ve o bölüm canavarı genelde daha fazla seveni öldürür. Bilmiyorum belki de ben fazla karamsarım fakat **onu düşününce bile mutlu oluyorsanız bölüm canavarıyla karşı karşıyasınız demektir.** Bana göre aşk bundan ibaret.

Diyeceğim şu ki her şeyin fazlası zarar derler, sevginin fazlası da aşktır.

İki günlük ilişkilerinize "aşk" demenizden bıktım. Daha sevginin anlamını bilmeyen insanların aşkı bu kadar basit bir şey gibi lanse etmelerinden rahatsızım. Aşk, onu yıllarca görmesen bile yeniden gördüğünde ilk günkü gibi kalbinin çarpıp ayakta duracak mecalinin kalmamasıdır, sizin bildiğiniz gibi bir şey değil. Saçları ihanet sarısı olan birine bile güvenmeye çalışmaktır aşk.

Savaş nedir?

Garip bir savaşın içindeyim. İkimiz savaşıyoruz ama bir tek ben yaralanıyorum. Savaşın kazananı yoktur derler ama kaybedeni hep ben oluyorum. Haksızlık etmeyeyim, senin de kaybettiğin bir iki savaş oldu ama onlarda da senin burnun bile kanamazken defalarca ölen ben oldum. Hiçbir tarih kitabında yazmaz ama bu da bir savaştır.

Gece nedir?

Gündüzleri kalabalığa karışarak absorbe ettiğiniz acılarınızın hava kararınca vampir gibi dışarıya çıkıp, gözleriniz açık olduğu sürece acılarınızın kanınızı emmesidir. Ne kadar erken uyursanız o kadar az hasar alırsınız geceden. Gece, düşünme eylemini katile çeviren depresyonun en güçlü silahıdır.

Sevgi nedir?

Sevgi, yarım kalmaya razı olmaktır. Defalarca affedip göz göre göre hata yapmaktır.

Sevgi, kendini kandırmaktır. O yokken bile onun burada olduğunu hayal edip mutlu olmaktır.

Sevgi, delirmektir.

Bilirsin,
ne zaman
düşsen aklıma
Galat Sokağı'nda
bulurum kendimi.
Onun yalnızlığıyla
teselli ederim
yüreğimi…

Coğrafya kitaplarında yazmaz belki ama söyleyemediklerim de içimde bir dağdır.

Babamın mesleği gereği sık sık tayinimiz çıkardı. Bu sayede çok fazla dostum oldu belki ondan daha fazla düşmanım. Bunun üst seviyesi, dost görünümlü düşmandır. Siz ona bütün içtenliğinizle selam verirsiniz, biri onu size sorduğunda ağzınızdan kötü söz çıkmaz ama o sizin kuyunuzu kazmakla kalmayıp çoktan içinde atıldığınız kuyuya su doldurmaya başlamıştır bile. Bu da hayatın bize tecrübenin kolay edinilmediğini öğretme şeklidir belki de. Bir de sebepsiz yere bana düşman olanlar var. Bunları hiçbir zaman anlayamazsınız. Belki de sizin onun varlığından bile haberiniz yok ama o sizin hakkınızda o kadar çok şey biliyor ki sizi her gördüğünde bileniyor. Anlayamıyorum, bir insan selam bile vermediği bir insandan niye nefret eder. Böyle durumlarda bile içten içe üzülen bir insanım, gece yatınca dert edinirim. Bilmiyorum, belki de ben salağımdır. Her neyse, demek istediğim aklınıza gelebilecek her türden insanla muhatap oldum, çok fazla insan tanıdım, çok fazla yanıldım, çok fazla üzüldüm, çok fazla kalp kırdım, çok fazla hata yaptım, çok fazla kavga ettim, çok fazla okul değiştirdim, çok fazla düşman edindim, çok fazla balkondan uzaklara daldım, çok odam oldu, çok arabanın arka koltuğunda Selda Bağcan çalarken uyudum, çok fazla şiveli arkadaşım oldu, çok güvendim. Anlayacağınız insan sarrafı oldum desem yeridir. Mesela biriyle muhabbet edince onun nasıl biri olduğunu aşağı yukarı tahmin edebiliyorum. İşte bu anlatacağım şey biraz da bu konuyla ilgili.

Lise bire yeni başlamıştım, heyecanlıydım. Yıllardır sadece hayalini kurabildiğim ve lisede okuyan büyüklerime büyük hayranlıkla baktığım yerdeydim. Artık büyümüştüm, istediğim saatte eve gelebilecek yaştaydım. -en azından ben öyle düşünüyordum-

Okulun ilk günüydü, sınıfımı arıyordum. Tedirgin gözlerle etrafı izliyordum. İçimde hafiften bir sinirlilik vardı, kendime kızıyordum. "Bir sınıfı bile bulamadın, çocuk musun sen?" derkenki hareketlerimden anlaşılmış olacak ki bir öğretmen, "Sınıfını mı arıyorsun?" diye sordu. "Aynen hocam," diye cevap verdim serin bir ses tonu ve donuk bir yüz ifadesiyle. Tabii içten içe de gülücükler saçıyorum çünkü artık liseye geçmiştim ve öğretmenlere "hocam" diyebiliyordum. Neyse sınıfa girdim; sınıf dolmuş, herkes kaynaşmış bile. İçimden söyleniyorum, "Ne ara sınıfı buldunuz da arkadaş oldunuz vicdansızlar," diyerek en öne oturacaktım ki inek sanmasınlar diye en arka sıraya geçtim. Oturdum, bekliyorum sınıfın dolmasını. Bir yandan da insanları inceliyorum anlaşabilir miyim, anlaşamaz mıyım diye. Sınıfta öyle sivrilmeye çalışan tiplerden pek yok gibiydi. İyi güzel, dedim, tam arkamı yaslandım yanıma biri gelip, "Boşsa oturabilir miyim?" dedi. Ben de itici bir ergen olarak, sıcakkanlı bir cevap yerine, "Boş," demeyi tercih ettim.

Lisedeyken gerçekten anlaşması zor biriydim. Empati kuruyorum, ben olsam beni döve döve öldürürdüm. Neyse sonra sıra arkadaşımla muhabbet etmeye başladık ama diyorum ki içimden: "Oh, tamamdır, lise hayatım boyunca hep yanımda olacak arkadaşımı buldum." Biz bunla her gün beraber takılıyoruz, yediğimiz içtiğimiz ayrı gitmiyor. Buraya kadar her şey güzeldi ta ki ikimiz de aynı kızı beğeninceye kadar. Bu arada sizinle tanıştırmayı unuttum, ismi Berke'ydi sıra arkadaşımın. Berke'yle bir gün beden eğitimi dersindeyiz ve sınıfa yeni nakil öğrenci geldi. Adı Irmak. Sarışın, uzun boylu, mavi gözlü... Tam böyle dizilerdeki Pelinsu dediğimiz pembe montlu, beyaz ayakkabılı, çıt kırıldım tiplerden. Aman uzak dur, dedim kendime.

Genelde çok güzel bir kız görünce kaçarım ondan çünkü hayatımı zehir etmesi an meselesi. Bu yüzden olabildiğince uzak durmaya çalışırım ama bu sefer yapamamıştım. Gözleri o kadar güzeldi ki daha dakika bir gol bir, ben kitlenmiştim. Kendime gelmem bir beş saniyemi falan aldı, içimde bir heyecanlanma olmuştu. "Yandın oğlum Furkan Taha," dedim kendi kendime. Tabii bu kızı görünce Berke'nin devreler yandı. Gün bitti eve gittik, Berke beni arayıp kızı anlatıyor. Aradan bir ay geçti, Berke usanmadan kızı anlatıyor. Şimdi gel de, "Ben de o kızı beğeniyorum," de. Birkaç kez söyleyecek gibi oldum ama delikanlıyız ya, dur dedim en yakın arkadaşına bir kız için mi yanlış yapacaksın, bize yakışmaz, diyerek geçiştirdim. Bu şekilde kendimi bir süre zapt ettiysem de Irmak'la kesişiyorduk. Öyle kötü bir durum ki Berke bana her kızı anlattığında içimdeki ihanet etmiş hissi canımdan can alıyordu.

En sonunda Berke kıza açılacağını söyledi. Cuma günü İstiklal Marşı'ndan sonra açılacağım, dedi. Ben de destekledim. Bir yandan da kız reddederse Berke umudunu keser kızdan, bir ihtimal yeşil ışık yanar bana, diyorum. Tabii bunun aksi olması da mümkün. Sevgili olursalar nasıl dayanırım buna, diyorum. Nasıl yüzüne bakarım? Anlayacağınız yukarı tükürsem bıyık, aşağı tükürsem sakal.

Cuma günü olmuştu. Berke heyecanlı, ben ondan da heyecanlıyım. Son ders bitti ve okulun bahçesine İstiklal Marşı için gidiyorduk. Irmak önümüzden yürüyordu. Berke evde konuşma falan hazırlamış, bayağı donanımlı gelmiş anlayacağınız. İstiklal Marşı okundu ve Berke yanına doğru yürümeye başladı. Her adım atışında içimden, "Hayırlısı neyse o olsun," diyorum. Biri hoşlandığım kız, diğeri en yakın arkadaşım. Gerçekten zor bir sınavdan geçiyordum. Konuşmaya başlamışlardı. Çok uzun sürmeden Berke üzüntülü bir şekilde bana doğru gelmeye başladı. Durumu anlamıştım, içten içe sevinirken bir yandan da içim parçalanmıştı. Yanıma geldi fakat ağzını bıçak açmıyor çocuğun. Ne olduğunu soruyorum, cevap vermiyor çünkü konuşursa ağlayacağını o da biliyor, ben de. Bu yüzden fazla ısrar etmedim ve konuyu değiştirmeye çalıştım. Servise geçmiştik ve hafiften kendine gelmeye başlamıştı. Artık dayanamayıp, "Sana ne söyledi de bu hale geldin?" diye sordum ama keşke sormasaydım, sorduğuma bin pişman olmuştum. Berke altı yaşındayken anne ve babası trafik kazasında ölmüş, onu dedesi ve anneannesi büyütmüş. Bunu herkes bilir ve bu yüzden biraz daha ılımlı konuşur herkes Berke ile. Irmak'ın verdiği cevap ise şu: "Senin annen baban yok, nasıl bana teklif edebilirsin? Git öl bence." Bunu duyunca birkaç dakika boyunca yutkunamadım. Beynimden vurulmuşa döndüm. Bir köpek bile yavru kedilere saldırmayacak kadar merhametliyken bu vicdansızlık karşısında kanım donmuştu. Tamam, liseye yeni geçmiş toy bir çocuk olabilirsin fakat kalpsizlik başka bir şey. Dünya güzeli olabilirsin fakat içinin çirkinliğiyle dış güzellik nasıl yok edilirin en güzel örneğiydi belki de. Ben Berke'yi teselli etmeye çalışıyorum hayırlısı değilmiş, iyi ki de olmamış gibi klişe laflarla fakat o beni hiç duymuyordu sanki. Yanaklarından yaşlar süzülürken donuk bir yüz ifadesiyle camdan dışarıyı izliyordu. Sanırım dünyadaki en kötü şeylerden birisi de en yakın arkadaşının canı bu kadar yanıyorken ona merhem bulamamaktır. İçim parçalanıyor, neredeyse ben de ağlayacağım ama bir yandan da o cümleleri nasıl bu kadar kolayca kurabildi diye sinirden içim içimi yiyor. Berke'nin evine yaklaşmıştık. Ben de onla geleceğimi söyledim ve bana evde anneannesinin altın günü olduğunu, onun da uyuyacağını söyleyince fazla ısrar edemedim. Kafasını dinlemesinin daha yararlı olacağını düşündüm. Evine gelmiştik. Berke servisten çantası sağ elinde yere sürterek pasaklı ve umursamaz şekilde indi ve servisin önünden karşıdan karşıya geçmeye yeltenmişti. Önce bir korna sesi, ardından fren sesiyle cam kırıklarının sesleri geldi. Serviste herkes çığlık atıyordu. Ben ani gelişen olaylarda tepki veremem, donup kalırım. Berke yerde kanlar içinde yatıyordu, başka bir okulun servisi çarpmıştı. Servis şoförü şokta olsa gerek, diğer servisten kimse inmiyordu. Bizim servis şoförü Ahmet abi hemen koşarak kucakladı ve servise getirdi. En arkada oturuyordum, en geniş yer bizim oturduğumuz yer olduğundan Berke'yi kanlar içinde benim kucağıma vermişti. Kafası dizlerimdeydi, zorlukla hırıltılı şekilde nefes alıyordu.

O anları sanırım ölene kadar unutamayacağım. Herkes ağlıyordu, her yerden çığlık sesleri ve Ahmet abinin kornaya basarak ettiği küfürleri duyuyordum. İnanamıyordum, iki dakika önce sohbet ettiğim arkadaşım şu an kucağımda, kanlar içinde can çekişiyordu. Bilincim yeni yeni yerine gelmeye başlamıştı. Onu konuşturmaya çalışıyordu servisteki edebiyat hocası, sürekli bir şeyler diyordu ama Berke yanıt vermiyordu. Hastaneye varmıştık ve kafasını dizimden kaldırırken çok canı acımış olacak ki gözleri hafif açıldı ve göz göze gelmiştik can yoldaşımla... Dayanması için yalvarıyordum, ölme diye haykırıyordum. Çok geçmedi kısa bir süre sonra dedesi ve anneannesi geldi hastaneye. Dedesi kalp hastasıydı ve "Berke'm sana sahip çıkamadım, kızımın emanetine sahip çıkamadım," diye haykırışları ayaklarımın bağını çözmüştü, oracıkta yere oturmuştum. Dedesi fenalaşmıştı ve hemşireler onunla ilgilenmeye başladılar. O esnada doktor geldi ve Berke'nin ölüm haberini anneannesine vermiş olacak ki o da ağlama şiddetini çığlıklar atarak arttırmıştı. İnanamıyordum, daha önce bir tek filmlerde görmüştüm ben ölümü, daha önce hiç bu kadar yaklaşmamıştı bana. Bütün hocalar hastanedeydi, hiçbirini bu kadar perişan halde görmemiştim. Her zaman espri yapan, hayat dolu Levent Hoca bile çocuk gibi ağlıyordu. Çok geçmeden hastane kapısından babam girdi hızlı adımlarla, yüzünde çok büyük bir korku vardı. Beni görünce o "rahatlamak" anlamındaki gülümsemesiyle bana sarıldı. Trafik kazasında bir öğrenci hayatını kaybetti demişler ve bizim servisten olduğunu öğrenince aklına kim bilir neler geldi adamın. Eve giderken yol boyunca Irmak'ın ona dediklerini, üstünden yarım saat sonra Berke'nin ölmesini, Irmak'ın bunu ömür boyu vicdan azabı olarak yaşayacağını düşünsem de o cümleleri seni seven bir insana rahatlıkla kurabilen bir insanın pek de umurunda olmayacağını düşündüm.

İki sene boyunca kendime gelemedim. Lise iki bitince de babamın tayini nedeniyle yine taşınmıştık. O iki sene boyunca kimseyle anlaşamadım. Anlaşmak da istemedim. Çünkü Berke'nin yanıma ilk gelişinde hissettiğim o uzun ömürlü arkadaşlık duygusunu bir daha kimsede hissedemedim. Canım kardeşim, nur içinde uyu...

Her yerde
insan bir kere âşık olur palavraları var.
Buna çok uzun süre
inandım.
Hatta ileride evlenince bile
karıma âşık olamamaktan
korktum
çünkü o bunu bilse
çok üzülürdü.
Neyse ki
hayatta bir kere âşık olursun sözünün
palavra olduğunu
öğrettin bana.

Bir insanın
ikinci kez âşık olabileceğini
öğrettiğin için
teşekkür ederim.

Kaputun üzerinde yatar ve sevdiğin yıldızları seyrettiğini hayal edersin bazen. Hayal etmesi bile güçken gerçek hayatta karşılaşamayacağın o kadar güzel şey var ki... Ben mesela seni hep saçlarında boncuklarla hayal ettim. Dokunamadığım saçlarını...

Hani birisi kardeşinin canını yakmayı bırak, canını sıksa bile o kişinin canına okumak istersin ya, hani onun morali bozulduğunda, keyifsiz bir olay yaşadığında ilk olarak sana gelmesini istersin ya, hani anne gibi davranıp kardeşine fedakârlık yapmaktan hiç çekinmezsin ya, işte benim sana olan sevgimi de buna benzetiyorum. Öylesine saf, öylesine temiz, öylesine naif...

Uyandım,
Saat 06.54.

Yaklaşık bir saattir yataktayım ve duvarları izleyip yorganın soğuk yerlerine temas ediyorum. Bugün dünün aynısı, bunun rahatsızlığı var üstümde ama daha çok hissizlik var.

"Nereye kadar böyle gidecek?" diye soruyorum kendime.

Ne olacak bu halim? Yaşama amacım bile yokken benim masadaki plastik çiçekten ne farkım var?"

Üzülmeyi bile özlüyorum. Sol yanımın acısından uyuyamadığım o geceleri... Sanırım duygularımı kaybettim.

Bazen her şey
anlamsızlaşıyor,
her şeyi sorguluyorum.

Nefes almak bile anlamsız geliyor
ve böyle zamanlarda
beni heyecanlandıracak
bir şeyler yapmak istiyorum.

Fotoğraflarını açıyorum,
bir de o şarkıyı...

Karanlık bir sokakta sana köpekler saldırıyor ama sen bırak kaçmayı, içinde ufacık bir korku bile hissetmiyorsun. O an sadece köpeklerin gözlerinin içine bakıyorsun. Gözlerinin içinde hırs var, intikam var, can yanması var, bir şeyler yapmışsın ve bunu sana ödetmek istiyorlar. Sense suçsuz olduğun için gönlün ferah şekilde tepki vermeyerek, donuk bakışlarla olan bitenin durmasını bekliyorsun. Çünkü biliyorsun ki bunu köpeklere yapan sen değildin.

Biraz sonra köpeklerin havlama şiddeti azalarak gidiyor. Ve sevgilim senin sevgin de, varlığın da aynı böyleydi işte.

Suçlu olmadığım halde,
Her zaman hatayı bende aradın,
ama bir şey olduğunda
her zaman ilk arkadaşlarını aradın.
Bir kere olsun alttan alıp,
fedakârlık göstermedin.

Sonra olan bana oldu tabii. Hayat tam bir "alttan alanın canı çıksın" oyunu. Saçma sapan sorular sordun zaman zaman, bir tek beni bana sormadın. Sonra kuduz köpek gibi saldırışlarını izledim sessizce. Bu yüzden sustum yoksa senin gibi birine kalbimi vermişim, bir cevabı mı esirgeyeceğim?

Bugün pazar ve bütün gün evde, pufun üstünde kedim Eyşan ile uzanıp inzivaya çekildim.

Arada ortalıktan kaybolup kendi başıma kafamı dinlerim. Bu dünyadan uzak oynamayı severim anlayacağınız. Fazla düşünmenin yan etkisi midir nedir bilmiyorum ama duygularımı kaybettiğimi fark ettim, hissiz bir moron gibi yaşıyorum son zamanlarda. İnanın bana bu, aşk acısı çekiyor olmaktan daha acı bir durum. Acı vermiyor ama acımadan her geçen saniye biraz daha öldürüyor.

Hislerin yok,
Masanın üstünde duran cansız çiçeğe su vermek gibi.
Gözlerini kapattığında aklına ailen dahil kimsenin gelmemesi gibi.
Filmlerde aşk sahnesi görünce saçma gelmesi gibi.
Nefes almaya üşenecek kadar yorgun olmak gibi.

Yaşarken ölmek bu olsa gerek...

Bana, "Buna mı kırıldın?" diyerek küçümsediğin şeyler yüzünden ben kaç gece öldüm bilmiyorsun. Dilerim bir gün sen de bana yaşattıklarını yaşarsın.

Hani güzel bir şarkı vardır, herkes dinlesin istersin ama aynı zamanda kimse bilmesin istersin. Sonra bir ortamda şarkıyı açarsın ve herkes bir şeyler söyler, şarkı allak bullak olur ya, işte sen de aynı böyleydin. Seni kimseye anlatmadım, anlattığım zaman ise beni buna pişman ettin.

Aradan ne kadar zaman geçerse geçsin, unutulmayan o gülüşün azizliği...

Bir yanımda haplar, bir yanımda pencerem-den içeri sızan sokak lambasının ışığı, bir yanımda küçükken Nasrettin Hoca'nın kavuğuna benzetip parmaklarıma taktığım mandalinalar... Ve ben gecenin bu saatinde sana yazamıyor oluşumla sınanıyorum, bu yüzden seni yazıyorum. Nasıl bir sınavdı bu? Daha kolay bir yolu yok muydu tecrübe edinmenin... Tamam, eskiye göre daha güçlüyüm, düşünce daha çabuk ayağa kalkabiliyorum lakin **benim istediğim güçlü olmak değildi, seninle olmaktı.**

Bu olanlar hayatın bir cilvesi mi dersin? İleride bir gün tekrar karşılaşıp sarılır mıyız dersin? Yoksa acı bir gülümsemeyle, "Ne haber?" diye sorar mısın bana? Madem evlenmeyecektik neden, "Seni seviyorum," dedin? Bilmiyorum, belki de salak olan benimdir. Ne yapayım, hemen inanıyorum. Sanıyorum ki karşımdaki de benim gibi sever, sanıyorum ki o da benim ince düşündüğüm kadar incedir. Ama öyle olmuyormuş işte, sandığın şeyler vuruyormuş ilk tekmeyi yere düşünce. Kalkabilene aşk olsun...

Ruhunun papatyalarını çoktan kopartıp başkasının saçlarına taç yapmışlardı bile. Sen ise bir dahaki baharı bekledin tekrar papatyalar açsın diye. Bazen düşünüyorum tek suçlu o muydu diye. Tabii ki değildi, benim de hatalarım vardı. Ama senin hatalarını söylemek de sana göre bir savaş davetiydi. Bilmiyorum, belki de tek hatam hatalarını söylemekti. Eskiden ergence gelen şeyler seninleyken o kadar mantıklı geliyordu ki kimsenin ne diyeceği umurumda olmadı. Belki de birilerini kınadım ve Allah seni benim başıma verdi. Benim gibi hayat dolu biri sessizleşmişti, akrabalarım "olgunlaşmış, büyümüş, ağırlaşmış" deseler de yorgunluğumdan konuşacak mecalimin kalmadığını bilmiyorlardı. İyi ki de bilmiyorlardı, ben daha kendime teselli veremiyorken bir de insanların üzülmeyeyim diye bana teselli vermelerini çekemezdim. Bunu içtenlikle söylüyorum, ruhsuzlaşmamda emeği geçen herkesi tebrik ediyorum. Gerçekten çok temiz iş çıkardılar. Şu an evde yangın çıksa canım gram yanmaz çünkü artık kendimi bile hissetmiyorum.

Sahi bana ne yaptın böyle?
Gülüyorum ama **mutlu değilim,**
Keyfim yerinde ama **huzurlu değilim...**
İnsanları dinliyorum ama söylenenler **umurumda değil.**
Şarkı dinliyorum ama sözlerini **duymuyorum.**
Kilometrelerce yürüyorum ama hiç **yorulmuyorum.**
Yaşıyor gibiyim ama her geçen gün biraz daha **ölüyorum...**

Sanırım bu hayatta en çok kin tutabilen insanlara hayranlık duydum. Benim en uzun kin tutma sürem karşımdakinin güler yüzünü görene kadarken insanların günlerce, haftalarca, aylarca kin tutup bilenmesini tebrik ediyorum. Gerçekten çok temiz iş. Bilmiyorum, yapı meselesi.

Belki de benim intikam alma şeklim biraz daha farklı. Önce tüm samimiyetimle arkadaşlığımı, dostluğumu kurarım; baktım hak etmiyor, bir anda buz olup hayatımdan çıkarırım. Selam vermeyi bırak, yüzüne bile bakmam. Niye uğraşayım ki, beynimi niye onunla yorayım? Hem kendimi sinirlendiriyor olmam da cabası. Direkt siliyorum hayatımdan, Allah'a havale ediyorum. Tamam, nakavt o zaten...

Sen karanlığı seviyorsun diye
    gözlerimi kararttım **ben.**
Sen kimseyi sevme diye
    dilencileri zengin ettim **ben.**
Sen gözlük takma diye
    dibinden ayrılmadım **ben.**
Sen yüzme bilmiyorsun diye
    denizinde boğuldum **ben.**
Sen ellerini ısıt diye
    gençliğimi yaktım **ben.**
Sen biraz daha gözlerime bak diye
    gözlerime toz kaçırdım **ben.**
Sen biraz daha uzun sarıl diye
    sonu olmayan cümleler kurdum **ben.**
Sen biraz daha yaşa diye
    her gün öldüm **ben.**

Tahminen ne zaman Galata'nın dar sokaklarında bir fotoğraf kadrajında arka planda Galata, ön planda ellerimiz sımsıkı sarılır?

Ne zaman seninle ilgili bir hayal kursam hiç ummadığım yerimden vuruyorsun beni. Ya da ne zaman imkân vermeyeceğim şeyleri düşünsem onlara imkân veren kişi oluyorsun. **Aklıma gelen başıma gelmiyor. Başıma gelen aklıma gelmiyor.**

Ben alkol, sigara kullanmam, bilirsin.
Senin gibi insanları da kullanmam.
Kitap yazarken kalem kullanmadığım gibi.

Keşke senin de tek kötü alışkanlığın alkol ve sigara olsaydı.
Bunları bir şekilde tedavi ettirebilirdik
Ama tıp dünyası karakter kanserine hâlâ çözüm bulamadı.

Bu öyle bir hastalık ki sen her gün başka biriyle takılıp,
"Bu hayatı yaşıyorum ya," derken
Günden güne öldüğünün farkında olmuyorsun.

Bir yere kadar çok güzel fakat bir yerden sonra,
"Bana niye hiç düzgün insan denk gelmiyor?"
demeye başlıyorsun.
İşte o zaman şöyle bir cümleyi tekrar et:
"Herkes kalbinin ekmeğini yermiş."

Tarih kitaplarında yazmaz ama gözlerine bakmamak için kendimle ettiğim kavga da bir savaştır.

Soğuk, karlı, binaların çatılarından metrelerce uzunlukta buz sarkaçların olduğu kasım ayıydı. Elazığ'daydık. Buraya yeni taşınmıştık. Hayatımda ilk defa bu kadar çok kar görüyordum. Bayağı ufaktım gerçi. Ömrüm boyunca Türkiye'nin hemen hemen her yerini gezmiştim, çok şehirde yaşamıştım. Elazığ ufaklıktan hatırladığım en eski yaşadığımız yerdi. Belki de yaşadıklarım Elazığ'ı unutulmaz kılmıştı bana. Her akşam olduğu gibi babam işten gelmiş, yemek yemişiz, televizyon izliyoruz. Annemle babam bize çekirdek ayıklıyor; mandalina, portakal soyuyor. Güzel bir kış gecesi anlayacağınız.

Huzurlu bir uyku çekmenin vakti gelmişti. Küçükken şimdiki gibi uyumak için saatlerce yatakta kıvranmıyordum, kafayı koyduğum gibi uyurdum. Uyumuştum da, yatak odasıyla bizim odamız yan yanaydı. Lojman binaları eski olduğundan bir odada fısıldasan yan dairede oturan komşu cevap verir, böyle bir yalıtım kalitesi vardı. Telefon çalmıştı. Gece yarısı çalan telefonlardan her zaman korkmuşumdur. Uyku sersemiyim, babamın heyecanlı bir ses tonuyla, "Hemen geliyorum," dediğini hatırlıyorum.

Annemle içeride konuşuyorlardı. Teröristlerin Arıcak Karakolu'nu bastığını söylüyordu babam sert ve aceleci bir ses tonuyla. Bu alt komşumuz Mehmet amcanın görev yaptığı karakoldu. Babamın en samimi arkadaşlarındandı Mehmet amca, üstelik çocukları Oğuz ise benim her gün beraber oynadığım arkadaşımdı. İçimde büyük bir korku vardı, bütün uykum kaçmıştı ve sadece dua ediyordum. "Allah'ım babama ve askerlerimize yardım et," diye ağlayarak yalvarıyordum. Annem ağlamaklı iç çekişlerimi duymuş olacak ki yanıma gelip, "Sen uyumadın mı daha?" diye sormuştu. Henüz 5-6 yaşlarında olsam da erkekliğimize bok sürdürmemek için, "Burnum akıyor, hasta olmuşum bugün kardan adam yaparken," desem de annemi inandıramamıştım. Gelip yanıma uzandı ve "Allah onları koruyor. Sen sadece dua et, hakkımızda hayırlısı neyse o olsun. Korkacak bir şey yok inşallah," dedi. Birkaç cümle nasıl olur da bu kadar içimi ferahlatabilmişti, bilmiyorum ama uyumaya yetecek kadar beni sakinleştirmişti.

Sabah olmuştu. Uyandığım gibi yatak odasına gittim fakat babam yoktu ve mutfaktan ağlama sesleri geliyordu. Annem ağlıyordu fakat babam oturuyordu, ne olduğunu anlamamıştım. Babam yeni gelmişti ve üstünü bile değiştirmeden aşağı kata inmiştik. Aklıma bir şey geliyordu ama o olmasın diye içten içe Allah'a yalvarıyordum. Alt kata inince anlamıştım. Alt komşumuz Mehmet amca şehit olmuştu. Üstelik eşi sekiz aylık hamileydi. Oğuz, kardeşim olacak diye seviniyordu. O karmaşada Oğuz ile göz göze gelmiştik ve onun gözlerine bakamıyordum çünkü benim babam gelmişti fakat onun babası gelememişti. En çok da eşinin babamı görünce haykırışlarını unutamıyorum. Ağlamaktan göz pınarları kurumuş, ten rengi ruh gibi bembeyaz bir şekilde, "Murat abi, Mehmet'im nerede?" diye bağırışları karşısında babamın cevap veremeyişi ve o anki çaresiz yüz ifadesi aklıma geliyor. İşte ben o günden sonra ölüm hariç her şeyin bir çaresinin olacağına inandım. Bundandır bu hayatı bırakmayışım, bundandır kalp kırmamaktan kaçışım, bundandır içimden geldiği gibi davranışım. Ölüm var, ölüm...

ŞEHİTLER ÖLMEZ, VATAN BÖLÜNMEZ!

Belki de hata bizdedir, âşık olmayı gözümüzde büyütüyoruzdur. Âşık olmak zorunda değiliz. Allah gönlü güzel insanlarla karşılaştırsın, yeter.

Saat: 02.06

Tik tak sesleri yine odamda yankılanmaya başladı, bir şeyler anlatmak istiyor gibi ya da aralarında anlaşamadıkları bir konuyu hararetli şekilde tartışıyor olacaklar ki sesleri bu saatlerde çok çıkıyor. Aynı dertlerim gibiler. Onların da bu saatlerde sesleri çok çıkar. Hatta bazen onların sesinden kulaklığımda çalan şarkının sesini bile duymadığım olur. Gündüz vakti duyulmayan akrep ve yelkovan sesleri gece olunca dertlerini anlatmaya başlıyordur belki de, kim bilir. Belki de onlar da benim gibi dertlerinin ne olduğunu anlamaya çalışıyorlardır. Belki de onlara da herkes, "Hayatında her şey yolunda, ne derdin olabilir ki senin?" gibi cümleler kuruyordur. Belki de kimse onların da yorulabileceğini düşünmüyordur. Etle tırnak gibi oldukları için onları bir tek zaman ayırabildiğinden, geçip giden zamana dargındırlar belki de?

Aklımızdakilerin gönlüne düşebilmekti gayemiz. Olmayınca hayırlısı buymuş demekti bahanemiz.

Babam astsubaydı ve bu yüzden sürekli tayinimiz çıkıyordu. Bu sefer de İzmir'den Nevşehir'e taşınıyorduk. Henüz ortaokuldaydım ve hiç istemiyordum yeni bir şehir, yeni bir okul, yeni sınıf arkadaşları... Ama zamanla alışmıştım. Okula gidiyorum yeni şive, yeni gülüşler ve yeni küfürler öğreniyordum. O zamanlar sınıfta pek arkadaşım olmadığı için teneffüslerde defterimin en arka sayfasına grafity yapardım kendimce. Bunu arkadaşlarımın fark edip, "Bana da yapar mısın?" demesi bir oldu. Tabii bu arada yan sınıfta Merve diye bir kız var, bütün okul bu kız için ölüp bitiyor. Öğle araları sıralardan ring kuruluyor, kız için kavga ediliyor falan.

Öğle arasından bir teneffüs önce Merve sınıfa girdi ve cilveli bir ses tonuyla, "Benim ismimi de yazar mısın?" dedi. Ben de ismini bilmiyormuş gibi, "Olabilir. Adını söyle, bir ara yaparız," dedim. Tabii sınıfın bütün erkekleri bana cephe aldı. Kız her teneffüs gelip soruyor, ben de özellikle yapmıyorum ki her teneffüs görebileyim. Derken benim hafiften ateş bacayı sarmaya başladı tabii. Bu sırada sınıftaki herkes bana tutuldu. Zaten okula yeni gelmişim, arkadaşım yok; konuştuğum bir iki kişi vardı, onlar da cephe aldı. Beden eğitimi dersinde basket maçı yapıyorlar, beni çağırmıyorlar falan. Ben de madem öyle deyip Merve'yle aramızdaki ilişkiyi daha da ilerletmeye karar verdim ve numarasını istedim. O da utanmış gibi yaparak numarasını verdi ve biz her akşam konuşmaya başladık. Sabah günaydın mesajları ile başlıyor, derslerde bile SMS atıyoruz birbirimize. Yani her şey yolunda gidiyordu. Bu böyle bir ay sürdü fakat biz okulda günde bir kere falan görüşüyoruz. Ben hiç iltifat falan da etmiyorum şımarmasın diye ama kıza nasıl âşığım, anlatamam. Kız da beni okula yeni gelen cool çocuk olarak görüyor, kimseyle muhatap olmuyorum falan. Her neyse, bir cuma günü ben uyuyakalmışım ve ilk derse babam bırakacak. Merve'ye günaydın mesajı atıyorum art arda, hiçbirine cevap vermiyor. Herhalde telefonunu evde unuttu, dedim ve pek de umursamadım. Cuma günleri ilk iki ders beden eğitimiydi, biraz da bundandı geç kalkma rahatlığım. Okula vardığımda durumlar biraz değişmişti tabii. Okulun bahçesinde müdür yürüyüş yapıyor ve benim içeri ona gözükmeden girmem gerekiyordu çünkü yakalanırsam nasıl bir azar yiyeceğimi az çok kestiriyordum. Arka kapı aklıma geldi; spor salonu kapısı. Hızla arka tarafa yöneldim ve köşeyi dönünce beynimden vurulmuşa döndüm. Sanırım hayatımda ilk defa kalbime böyle bir ağrı girmişti. Karşımda Merve ve bir çocuk öpüşüyordu. Benim daha elini tutmaya kıyamadığım Merve, birisiyle televizyonlarda görünce gözümü kapattığım sahneyi canlandırıyordu. O an sinirden delirirken gıkım çıkmıyordu, konuşamıyordum. İşte o gün birine içinden nasıl geliyorsa öyle davranmam gerektiğini öğrendim. Çünkü sen dokunmaya kıyamazken başkaları rahatça dokunuyor ve sen, sonra istesen de dokunamıyorsun.

Eskiden en büyük hastalığım güvenmekti,
neyse ki atlattım.
Yeni hastalığım güvensizlik.

Bir de kabullenmek ile alışmak var. Bir zaman sonra yüreğini susturup kabullenebiliyorsun, en azından kendince tesellilerin oluyor ama alışmak öyle mi? Ciğerlerin kopsa da kaburgaların batsa da kendine teselli ararken o acıların varlığıyla nefes alıp vermeyi öğreniyorsun. Bunun ne kadar acı olduğunu bilemezsiniz.

İtiraf ediyorum;
Canımdan çok sevsem de
seni üzmek istedim.

İtiraf ediyorum;
Sırf insanlar senin arkandan kötü bir şey söylemesin diye
sadece kendi hatalarımı anlattım onlara...

İtiraf ediyorum;
Seni aldatıyormuş gibi olmasın diye
yolda yürürken başka insanlarla göz göze gelmemek için
gözlerimi yere çevirip yürüdüm hep...

İtiraf ediyorum;
Otostop çeken çocuğu arabama aldığımda
ona seni anlattım
ve senin basitliğini yüzüme vurunca
onu arabadan indirdim...

İtiraf ediyorum;
Senin için yaptığım fedakârlıkların
aslında birer salaklık olduğunu fark ettiğimde
kahroldum...

İtiraf ediyorum;
Seni anneme, babama, teyzeme, amcama anlattığım için
kendimden nefret ediyorum...

İtiraf ediyorum;
Sana kötü söz söylediği için tartıştığım insanlara karşı
büyük utanç duyuyorum...

İtiraf ediyorum;
Sana biraz daha fazla sarılabilmek için
kulağına saçma sapan cümleler kurarak fısıldıyordum...

İtiraf ediyorum;
Ben de kendimi duygusuz sanıyordum,
bana aslında ne kadar duygusal olduğumu gösterdin...

İtiraf ediyorum;
Lisedeki o çok sevdiğin matematik hocandan bile
kıskanıyordum seni...

İtiraf ediyorum;
Daha kendime bile itiraf edemediğim şeyler var
ve ben hâlâ kar kürelerini
ve **seni her şeyden çok...**

Sana gelen yolun sonu uçurumdu,
ben de aslanlar gibi intihar ettim.

Akşamüzeriydi, hava en sevdiğim rengi almıştı; turuncudan hallice pembe ve mor tonlarının olduğu güneşin batma zamanı yani. Turan amcam canının çok sıkkın olduğuyla ilgili mesaj attı. Açıkçası ben de depresyondaydım ve gidip bir gün de olsa kafa dağıtmamın iyi olacağını düşündüm. İstanbul-İzmit arası zaten bir buçuk saat diyerek yola çıktım ve ilk otobüsle İstanbul'a vardım. İstanbul'a her geldiğimde, "Bu şehirde âşık olmadan ölmek istemiyorum," diye mırıldanırım. Kalabalıkların içinde beraber kaybolmak kadar güzel bir şey bilmiyorum ben.

Neyse amcama sürpriz yaparak geldiğimi söyledim, o da beni bulunduğum konumdan aldı. Amcam kırk üç yaşında ama arkadaş gibiyizdir, birbirimize kanka diye hitap ederiz. Yolda şakalaşarak, gülüşerek eve gittik. Yengem kapıyı açtı, beni gördüğüne biraz şaşırmıştı. Amcam beni almaya geldiğini söylememişti büyük ihtimalle... Hoş geldin, deyip içeri davet etti. Aç olup olmadığımı sordu, çay içmeye geldiğimi söyledim esprili bir dille. Benden önce tartışmışlardı belli ki, evde bir gerginlik vardı. Amcam yengemin gönlünü almak için şakalaşmaya çalışıyordu ve yengemin şu cevabı beni çok etkiledi: ***"Kabalıktan sonra gelen nezaketin hiçbir önemi yok,"*** dedi ve bir on saniye kadar sessizlik oldu. Gerçekten öyle anlamlı bir cümle ki yıllardır anlatamadığım derdimi yengem birkaç cümleyle anlattı. O bu cümleyi kurunca bir bilmeceyi çözmüş gibi ben rahatladım. Yani diyeceğim, **kalbi kırdıktan sonra çiçekler dikmenizin anlamı yok.**

Bazen derdimi anlatamıyorum. Aslında bir derdim var mı, onu bile bilmiyorum. Tek bildiğim şey bu durumun sinirimi bozuyor olması. İşte senleyken de böyleydim, hareketlerine anlam veremiyordum ve bundandı agresifliğim, huysuzluğum.

Bana eylülü anlat,
Bana yaprakların asfalta olan ölümcül sevdasını anlat,
Bana en anlamsız pop şarkısında bile aklıma gelişini anlat,
Bana geceleri onca karanlığa rağmen
inatla parlamaya çalışan yıldızları anlat,
Ama bana sevmeyi anlatma,
çünkü ben bunun cevabını ararken
büyük bedeller ödedim...

Seninle Akdeniz'e gidilip,
kurulacak hayaller **var,**

Seninle İstiklal'de el ele yürürken,
söylenecek şarkılar **var,**

Seninle yağmurdan arabanın sileceklerinin yetişmediği
yolculuklar **var,**

Seninle sabahlara kadar cips yiyip
yabancı dizi izlenecek günler **var,**

Seninle telefonda konuşurken,
telefonu kapatmamak için edeceğimiz
saçma sapan muhabbetler **var,**

Seninle Moda sahilde çimlere oturup,
okumamız gereken kitaplar **var,**

Seninle terasta battaniyeye sarılmamız gereken
akşamlar **var,**

Gitme...

Ama ne yapabilirim?
Sende kalmış bütün iyi niyetim.
Sende kalmış sevebilme yetim...

Sevince kedi gibi oluyorum, yedi yaşına yeni girmiş gibi oluyorum. Dışardan görseler belki ayıplarlar bu yaştaki adama yakışıyor mu bu hareketler diye ama insanları takmayı bırakalı uzun zaman oldu. Çünkü onlar her zaman bir şeyler diyecekler. **Siz sevin, geriye kalan her şey hallolur.**

"SEN SEVME"

Göğsüme yaslan,
Göğsüm kimi zaman şerefsizliğe gerildi,
Kimi zaman birisi yaslandı ve çiçek bahçeleri belirdi.
Gönül ağaçlarının dallarını koparan da senin elindi.
Şimdi sonbahar oldu ve kuşlar soruyor: tekrar gelir mi?
Tekrar gelir misin?
Gelme.
Sen her geldiğinde burada dargınlar gülüyor.
Sen her geldiğinde buradan gidenler dönüyor.
Sen her geldiğinde cimriler sevgilerini bölüyor.
Sen her geldiğinde burada çocuklar ölüyor.
Senin bu gururun sevdiklerine toprak atmayışından.
Sen sevme.
Herkes en iyi bildiği işi yapsın.
Ben uyuyayım,
Annem kek yapsın,
Yıldız Tilbe şarkı söylesin,
Bakkal Erdoğan abi dizi izlesin,
Ama sen sevme.

İnsanlara onu öyle bir anlattım ki
insanlar şimdi beni kötü biliyorlar.

Fotoğrafına her baktığımda,
'Sen nasıl bir sanat eserisin,' demekten
kendimi alamıyorum.

Mesela siyah gözlerinde yemyeşil ormanlar var.
Sarı saçlarında masmavi denizler var.
Kırmızı dudaklarında samanyolunun
en büyük karadelikleri var.
Abartıyorum biraz da seni,
aslında o kadar da güzel değilsin.
Mükemmelsin...

Senden vazgeçeli üç ay oluyor. Bu seviyeye gelebilmek için üç yaz gördüm, birçok ölüm gördüm, saçlarımın beyazladığını gördüm, en üzücü olanıysa seni başkalarıyla gördüm...

Yine de canın sağ olsun.

Aşk diye bir şeyin olduğuna inanmazdım, bilirsin.

Her şeye rağmen bana bunu yaşattığın için teşekkür ederim.

Her ne kadar acı çeksem de, güven duygumu kaybetsem de, seni anlattığım insanlara beni mahcup etsen de, seni üç sene hiç görmeden aynı hisleri taşısam da güzel tecrübeler edindim. Mesela **hayaller kurduğun kişi sana hayal kurmaman gerektiğini öğretiyormuş.** Bunu fark ettiğimde toparlanmam zaman aldı ama daha güçlü ayağa kalktım. Arkadaşların, sevdiğin kişi için savaşırsan ve bu savaşı kazanırsan ödülün pişmanlık oluyormuş...

**Ne kadar depresyonda olursam olayım,
sesin en güzel antidepresan.
Sana, hiçbir şekilde kızamadığım
bir sevgi barındırıyorum içimde...**

Dargın olduğunuz zamanlar onun gülerek attığı fotoğrafları görünce ona daha çok darılmak...

Ve onun bundan haberi olmadığı için gönlünüzü alamaması ve daha da darılmak. Bunun sonsuza kadar böyle gitmesi ve en sonunda darıldığından sarılmamak...

Bir gülüşün denize kıyısı olabileceğini
sen öğrettin bana,
ben şimdi nasıl gemileri yakayım?

Eskiden her şeye, herkese tepki verirken şimdilerde canımı sıkacak olaylara bile tepkisiz kalıyor olmak da benim cehennemim sanırım. "Yoruldum" kelimesini bile bu yorgunluğumu anlatmaya yeterli bulmuyorum. Uyuyunca geçer diyorlar ama fiziksel bir yorgunluk olmadığını bilmiyorlardı. Eskiden olsa yeni insanlarla tanışmak beni mutlu ederdi. Etmese bile nezaketi elden bırakmaz, sıcak davranmaya çalışırdım. Şimdilerde ise 76 yaşındaki dedemin bile güldüğü esprilere donuk şekilde bakıyorum. Yaşarken ölmek bu olsa gerek...

Acaba sırrımı versem ileride bir şey olunca yüzüme vurur mu, diye düşünmeden konuşabildiğimiz insanlara hasret kaldık

Tam bir şeyler anlatacakken ***boş ver*** diyorum.

Anlatsam da anlamayacak zaten. **Anlattıklarım anladıkların ile kısıtlı kalıyorken, anlatmamın kendimi yormaktan başka ne anlamı var?** Zaten herkes, her şeyi anlamak istediği gibi anlıyorken, senin anlamanı istediğim şeylere ağlamanı istememiştim. Neyse, boş ver...

"TUTAMADIM KENDİMİ"

Darıldığım cümlelerin vardı.
Ben o cümlelerde kendi içime sarıldım.
Bu yüzden belki de içimde kin denen o kaltak barındı.
Tam gibi görünen o elma bile artık benim gibi yarımdı.
Yıpranmıştım, olgunlaştın dediler,
Neyse ki öfkemden arındım.
Yanlış anladın, o kadar insan vardı ki çevrende,
Beni duy diye bağırdım.
Sen dünlerde yaşarken,
Benim tek isteğim seninle, yarındı.
Tutamadım kendimi, çocuktum,
Kızmam gereken yerde sarıldım.

Hayatımdaki her şey yolundayken
bu kadar dağılmama ben de anlam veremiyorum.
Tam bir depresyon bağımlısıyım.

Değer verdiğin insanın seni para için değişmesinden daha kötü bir durum varsa o da az miktar paraya değişmesidir. Hayır, o an maddiyat daha ağır basar, parayı tercih edersin ama en azından yüklü bir miktara beni ona tercih et ki benim de kendi çapımda tesellilerim olsun. Üç beş kuruş için sizin karakterinizden ödün vermeniz çok ucuz bir hareket bana kalırsa. Hatta karakterinden her ne konuda olursa ödün vermek ucuz bir harekettir. Neyse konuyu dağıtmayayım. Senin tamamen duygusal ve temiz duygularla yaklaştığın, kardeşinden ayırt etmediğin insandan gelen en ufak hareket bile günlerce canını sıkabilecekken, para gibi dünyalık şeylere seni değiştiğini görmek gerçekten bu dünyada ailenden başka kimseye değer vermemek gerektiğinin en büyük kanıtı. Bu yüzden vakit varken annenize, babanıza, kardeşlerinize sarılın. Bu hayatta bir tek onlara gurur yapmayın. **Çünkü karşılıksız sevgiyi bir tek ailenizde bulabiliyorsunuz...**

İnsanları kıramamak, nezaketen her şeye evet demek çok kötü bir durum. Bu durumu sık sık yaşasam da bir türlü önüne geçemediğim için kendime küfrettiğim çok olur. Ama o insanların beni hiç düşünmeden iki kelimede paramparça ettiği de çok olur. Ve yine hiçbir şey olmamış gibi o insanların günlerce hatalarını anlayıp gönlümü almalarını beklemem de çok olur. Ve bunun sonucunun genelde hüsranla sonuçlanması da çok olur. Ve bu kadar nezaketli davranmamam gerektiğini kendime defalarca hatırlatıp sonra yine aynı hataları yapmam da çok olur...

Bir küçük eve sığardı hayallerim, duvarları üstüme yıkmasaydın...

Güneş doğmadan, yüzünü yıkamadan çıkalım yollara, batıya doğru gidelim. Susurluk'ta ayran içelim. Ayvalık'ta tost, Aydın'da incir, Balıkesir'de höşmerim, Bursa'da iskender, Mersin'de tantuni yiyelim. Sen sadece uyu cam kenarında. Yol boyunca sen otur, akşam güneşi batarken suratına vursun ve uyandırsın seni. "Geldik mi?" diye sor bana, az kaldı diyeceğim. Gece olunca dinlenme tesislerinde sigara molası veririz. Ben sigara kullanmıyorum ama dudaklarını sigara içerken izlemeyi seviyorum. Sigarandan birkaç nefes aldıktan sonra, "Çok üşüdüm, otobüse geçelim mi?" diye sor bana, titrek bir ses tonuyla geçelim diyeceğim sana sarılarak. Son durağımız olmasın, canımız nereye isterse oraya gidelim. Ama kapanışı İzmir Eski Foça'da kampla yapalım. Sabah yedi gibi güneşin keskin ışınları çam ağaçlarının arasından süzülüp çadırda nefes alınmaz hale getirince yüzümüzü yıkamadan denize atlayalım. Sonra merkeze gidip güzel bir kafede kahvaltımızı yaparız. Foça'nın bir rivayeti vardır, kara taşa basan buraya muhakkak ölmeden bir kez daha gelir diye. Bu yüzden Foça'nın her yerini gezdireyim sana. Gezdireyim ki ayağımız o kara taşa bassın ve bir kere daha gelelim seninle. Akşam olunca ateşimizi yakarız, arka fonda ismi uzun olan alternatif rock sanatçılarından bir şarkı. Ben sana ateşte marshmallow kızartırım, sen yine aceleciliğin yüzünden dilini yakarsın ve tatlı tatlı söylenmeye başlarsın. Gece olunca yabani hayvanların seslerinden korkup, "Şehre gidelim mi?" diye mırıldanırsın titrek bir ses tonuyla, "Korkma, ben varım," derim sana.

Bu anlattıklarımın hepsini boş ver.
Neden, biliyor musun?
Artık ben yokum...

Aslında
sana beddua etmek içimden gelmiyor
ama yine de etmem gerekirse:
"Seni, senin gibi seven biri sever inşallah!"

"Çağımızın vebası,
kendini her zaman haklı görmektir!"

Her zaman kendini haklı gördün. Senin hatalarını yapma sebebin bile bendim. Empatinin varlığından haberdar olmayan sendin fakat bunu sana söylemediğim için büyük ihtimalle yine suçlu bendim. Çünkü Sokrat'ın da dediği gibi hatalarını söylemek suçtu. Senin ülkenden firar edemeyen ve kırmızı bültenle aranan en büyük suçluydum ama bir kere bile suçu neydi diye soran olmadı. Ben de sürgün olmayı yeğledim başka ülkelere.

Seni başka bir erkekle arkadaşça hayal etmek bile benim için bir sinir kriziyken biriyle fotoğrafını gördüm. Daha önce kelimelerin bu kadar anlamsız geldiğini hatırlamıyorum. İçimde sadece öfke vardı ve kendime olan derin kızgınlığım. Şimdi kim beni tekrar aşka inandıracak, kim güvenimi kazanacak? İşte insan böyle böyle ruhsuzlaşıyor, paranoyaklaşıyor, ruh hastası bir zombi oluyor.

Bir şişe rakı
nereden baksan seninle ilgili
on iki dizelik bir şiir yazdırabilir.
Hepsini oku demiyorum,
Yaraya kadar okuman yeterli.

Birbirimizi tanıma fırsatımız olmadı çok fazla, beni kafandaki kuruntular kadar tanıyorsun. Zaten bu yüzden gereksiz yere kırdık birbirimizi, yıprandık, ağır cümleler kurduk, kınadığımız şeyleri yaptık, tükürdüğümüzü yaladık. Sonra da buna aşk dedik. İşte bizim de kendimizi teselli etme yöntemimiz bu. **Yediğimiz her boku aşk deyip geçiştirdik.**

Üç yıl hiç görüşmedik, üç yıl fotoğraflarına bakmaya cesaretim olmadı. Üç yıl boyunca hiç umudumu kaybetmedim. Keşke kaybetseymişim diyorum şimdilerde. Koskoca üç yılım boşa gitti bildiğin. Bomboş birini sevmişim. Neyse diyorum sonra, yapacak bir şey yok, kalbe söz geçmiyor. Ve üç yıldan sonra Beşiktaş'ta buluştuk. Yüzüme dokunuyordun, sanki sihirli gibiydi, büyüleniyordum. Sonra mısır yiyip denizi seyrettik. Sanırım hayatımda denizi seyretmekten bu kadar keyif aldığım bir gece daha hatırlamıyorum. Yanımdayken yaşıyormuş gibi hissediyorum. **Yapay bir çiçek gibiydim ve sen su verdin bana.**

Seninle son buluşmamızda
neden susup ara ara tebessüm ettiğimi
sormuştun.

Söyleyecek bir şeyim olmadığından
susmuyordum ben,
bir şey söylemeye gerek kalmadığından
susuyordum...

Aralık ayında tanışmıştık seninle.
Kışın ortasında çiçekli yollarda yürütmüştün beni.
Ben şimdi nasıl vazgeçeyim senden?

"Değişmek"

Garip bir haldeyim. İkinci kez böyle oluyorum ve ilki aklıma bile gelmiyor. Garip bir duygu fakat sonu aynı biter korkusuyla ona koşup bir adım daha atamıyorum. Bana sarıldığı an dünyanın etrafında konfetiler patlıyor, hava fişekler dans ediyor... Ölürsem boynuna gömülmek istiyorum, sıcaklığı hâlâ dudaklarımda... Ben böyle bir adam değildim. En çok da biz olursak, benimleyken başkasıyla da konuşur mu düşüncesi delirtiyor, bu yüzden frenliyorum belki de kendimi. Ondan vazgeçmeye çalışıyorum, başlamadan vazgeçmeyi deniyorum çünkü biz onla ayrı insanların dünyalarıyız. Bir farkındalık nasıl bu kadar keskin olabiliyordu? Bana ulaşmaması için onu her yerden engelledim. Pişman olacağımı bile bile yaptığım şeyler arasına bir yenisini ekledim. Çünkü ne ondan fikirlerini değiştirmesini isteyebilirdim ne de ben değişebilirdim.

"Ya hep ya hiç"

Kendimi bildim bileli bir şeye ya çok bağlandım ya da gram umurumda olmadı. Altı sene online oyun oynadım, bana sadakati sormayın ama okulu da hiçbir zaman sevemedim. Okul eğitim görmemi engelledi. Bir şey yapıyorsam bokunu çıkartana kadar yapmam lazım ya da hiç yapmamam... Sana olan sevgim de böyleydi işte. Beden eğitimi dersinde çözülmesin diye bağcıklarımı sımsıkı bağladığım kadar bağlıydım sana. Ama artık bunun bir önemi yok. Dedim ya: "Ya hep ya hiç!" Artık aklıma gelmeyi bırak. Yüzünü görünce bile, "Çok güzel bir hatasın, herkes düşmese bari," deyip yoluma devam ediyorum...

"Netliğin üstünlüğü"

Hiçbir zaman grileri sevemedim. Ankara hariç tabii ki. Güzel yürekli, gri şehrim... Siyah ve beyaz en sevdiğim renk oldu. Netliğin üstünlüğünü kabul ettim. Benimle misin, buyur gel ciğerimi ye. Gelmiyor musun? Allah yolunu açık etsin, kapı orada. Net olmak nasıl bu kadar zor olabilir anlamıyorum. Sen hava yağmurluyken dışarıya şemsiyeyle çıkıp güneşli bir havaya denk getiren sonbahar mevsimi misin? Kış gibi soğuksan soğuk, yaz gibi sıcaksan sıcak ol. **İnsanlar buralarda griyi sevmedikleri için gökyüzünü maviye boyadı. Sen bahar sandın.**

Beni geri kafalı bir adamım.
Sevdiklerimi paylaşmak bana göre değil.

Modernlik adı altında yüzlerce flörtünüz olduğu sürece vallahi biz geri kafalılığı savunacağız. Anlayamıyorum, anlık mutluluklar için uzun ömürlü mutluluklardan bir insan neden vazgeçer? Boşluktasın tamam, eyvallah fakat bir boşluğun üstünü beton ile kapatırsanız bir süre sonra o betonun altında kalırsınız. Bir de altından çıkmakla uğraşırsınız, bunları düşünemiyor musunuz? Ya da ahını aldığınız bedenlerin bedelini ödemeyecek misiniz sanıyorsunuz? Yanılıyorsunuz, bu dünyada karşılıksız hiçbir şey yok. **Karşılıksız olan tek şey anne sevgisidir.**

Çok güzel bir pişmanlıksın, inşallah herkes düşmez.

Defalarca tolerans tanıyıp her seferinde beni pişman etmene aşk demişler. Kimse için yapmayacağım fedakârlıkları yapıp sonucunda pişman etmene de aşk demişler. Onun için değer deyip defalarca kendinden taviz verdiğin ve sonucundan onun için bile değmeyeceğini öğrendiğin pişmanlıklara da aşk demişler. Sonucunu bildiğin bir savaşa gardının en düşük olduğu zamanda yenecekmiş gibi girip yenildikten sonra duyduğum pişmanlığa da aşk demişler ama hiçbir sözlükte pişmanlığın eş anlamlısına aşk dememişler.

Yeri geliyor insan yoruluyor ve her şeyden bıkıyor. Olumlu sonuçlar bekleyemiyor artık, sadece bir sonuç, bir netlik istiyor. Olumlu ya da olumsuz, artık ne olacaksa olsun diyor.

Gerçekten her zaman kendinizi bu kadar haklı görmenizi anlamlandıramıyorum. **Peygamberler bile hata yaparken kendinizi bu kadar hatasız görmeniz beni ürkütüyor.** Çünkü en büyük hata her zaman karşındakini hatalı görmektir.

İnsanın bir çizgisi olmalı,
    o çizgiyi aşanı
    hayatından çıkarmalı.

Biraz daha açık konuşayım,
    mesela biri seni ağlattı mı?
Günlerce odanızda düşünüp
    yarım nefesler alıp vermene mi neden oldu?
Sana yutamayacağınız hakaretler mi etti?
O kişiyi affetme.

O senin çizginin üstüne çarpı atalı çok olmuş.
Seven insan böyle yapmaz;
    üstüne titrer,
    elime diken batsa
    bütün gül bahçelerini
    kökünden söker.

Bu gece yatarken ölümü düşündüm ve gurur yapmanın ne kadar da anlamsız olduğunun bir kere daha farkına vardım ama yine de sana gelmem artık. İşte biz bu kadar bittik...

Belki de her zaman içimden geldiği gibi davrandığım için kaybeden ben oldum. Mantıkla değil de kalbimle hareket ettiğim için kaybettim belki de. İnce planlar yapıp mantıklı düşünmem üzülmemek için en doğrusuydu. Belki de haklısınız, yine hata bende...

Daha çok tecrübesizsin,
mesela umutların var,
onları yitirdiğin gün görüşelim.

Daha çok konuşuyorsun,
mesela konuşmana gerek kalmadığını
fark ettiğin gün görüşelim.

Daha çoğu şeyin farkında değilsin,
mesela farkındalığın ne kadar can yakıcı bir şey olduğunu
fark edince görüşelim.

Daha çok gülüyorsun,
mesela gülmenin yerini
tebessümün aldığı zaman görüşelim.

Daha çok hayalperestsin,
mesela bir hayalin var,
tek hayalinin olmasını istediğin gün görüşelim.

Daha sevdiklerini toprak altında görmemişsin,
ondan bu inadın.
Dilerim bunu geç görürsün
ama sevdiğin birine toprak atınca görüşelim.

Ve gözden düşmenin uçurumdan düşmekten farksız olduğunu fark ettiğin gün beni hatırla. Çünkü bana bunu sen öğrettin...

"Beni her zaman göreceksin..."

Şimdilik güzel vakit geçiriyor olabilirsin, her şey yolundaymış gibi de gözükebilir. Aklına hiç gelmiyor da olabilirim. Yeni flörtünle sabahlara kadar mesajlaşıyor da olabilirsin. Ama şimdilik... Çünkü **ahını aldığın insanlar yakanı bıraksa Allah bunu yanına bırakır mı sanıyorsun?** Bir gün herkes gidecek, sevgilinle anlaşamayacaksın, işlerin yolunda gitmeyecek, her şey üst üste gelecek. İşte o zaman beni hatırlayacaksın.

Elbette yeni ilişkilerin olacak,
Elbette birileri girecek hayatına,
Elbette başka gülüşler karışacak gülücüklerine...

Fakat şunu bil:
Kimse benim kadar değer vermeyecek sana.
Bir daha kimse ağlamayacak ardından.

İşte o zaman anlayacaksın,
kalbinin her kırılışında ben geleceğim aklına.
Ve kadın,
bu da senin cehennemin olacak...

"Bu denli gurur zararlıymış..."

Zamanında insanın kendi duvarlarına topla, tüfekle saldıranlara bir zaman sonra onun kapısına hiçbir şey olmamış gibi çiçeklerle gitmek içinden gelmiyor. Gidebilir aslında fakat dedim ya içinden gelmiyor. Sen zaten tek başına o hasar gören duvarları tamir etmişsin. Zorlu bir savaştan çıkmışsın, yorgunsun. Ama bu son savaşın olabilir korkusu da içinde yok değil tabii. Fakat elinde bir tek gurur denen kalen kalmış, onu bari benden almasınlar deyip ne olacaksa olsun diyorsun.

Sen hariç herkes senin ondan nefret ettiğini düşünüyor, o dahil. Çünkü sen bir tek kendine itiraf edebilmişsin ona olan sevgini.

Sen hoşlandığın kişiye nefret ediyormuş gibi davrandın mı hiç? Herkes senin ondan nefret ettiğini düşünüyor, o dahil. Çünkü biliyorsunuz ki belli ederseniz o da öncekiler gibi gidecek... İlk günkü tanıştığınız insandan eser kalmayacak. Kendinizi sürekli sebep ararken bulacaksınız. "Neden?" diyeceksiniz. "Ne oldu da biz bu hale düştük?" diyeceksiniz. İşte bu yüzden bilmesin, ben gidip aslanlar gibi yaşarım içimde küskünlüğümü, üzüntümü, kırgınlığımı ve sevdamı...

**Dert anlatacak diye,
insanlara selam vermekten
korkar olmak var bir de...**

Sen zaten daha derdini anlatamıyorken bir de insanların sana dert anlatmasına katlanıyorsun.

Tamam, kötü gün dostuyuz, eyvallah ama biz de dert küllüğü müyüz be kardeşim, sigarasını yakan bizde söndürüyor. Ama hiç kimse gel beraber içelim demiyor...

Hiçbir zaman
planci,
taktikçi,
mantıkçı bir insan olmadım.

Kim bilir
belki de bu yüzden
kaybeden ben oldum
hep.

Ama bu beni mutlu etti.
Olmak istediğim gibi görünmedim hiçbir zaman,
hep olduğum gibiydim,
içim hep cam gibiydi.

Sizi bilmem ama
ben sadeliğin
ve doğallığın üstünlüğünü
kabul ediyorum.

Üniversiteye başladığım sene ne kadar mutluydum. Her şey güzeldi, hayallerim vardı. Kampüste sevgilimle dolaşacaktım, fakülte çıkışı o sigara içecek, bense onu sigara içerken izleyecektim. Beraber gezi turlarına katılacaktık. O işe girmek isteyecek, ben de izin vermeyecektim. Bunun gibi saçma sapan, ergence ve bir o kadar salak sebeplerden kavga edecektik. Şarkı kayıtlarımı alırken stüdyoda beni izleyecekti. Arkadaşlarla toplanıp mangal yapmaya gidecektik. Böyle hayallerim vardı. Şu an ise tek isteğim bu ömrü çabuk bitirebilmek. Hiçbir şey istemiyorum. Ne yeni birini tanımayı ne onun triplerini çekmeyi ne de birine güvenmeyi... Birini kazanacak ya da kaybedecek kadar gücüm yok...

Gece yatarken aniden gelen,
"Allah'ım bir insanın ciğerleri nasıl bu kadar acır,"
hissinden daha kötü bir his varsa o da
onun ciğerlerinin senin için bu kadar yanmıyor oluşudur.

Biraz fotoğrafına bakayım da kinleneyim diyorum olmuyor. Seni affetmemek için yaptığın bütün yanlışlarını not aldım, seni özlemekten ciğerlerimin koptuğu her zaman açıp o not defterini okuyorum. Defalarca, bastıra bastıra okuyorum ve sonra, ***"Keşke böyle yapmasaydın,"*** deyip yine bir kenara çekilip üzülen ben oluyorum...

Bilmiyorum ama mutsuz olmayı seviyorum sanırım. Ya da benimki bağımlılık, bunu da bilmiyorum. Bilmediğim o kadar çok şey varken senin her zerreni ezbere bilmek de benim ayıbım olsun...

Mesela keyfim çok yerindeyse bundan rahatsız olup hemen enerjimi sıfıra indirecek bir müzik açarım. İç dünyam karamsarlığa ve acı çekmeye o kadar alışmış ki mutlu olmama tahammül edemiyor. **Ben sanırım mutsuzluk bağımlısıyım.**

"Yalnızlık insana hayatı sorgulatır."

Yalnızlık insanı kimine göre olgunlaştırır ama bence delirtir. Yeterince düşünen herkes delidir. Düşünen insan farkındadır bazı şeylerin ve o fark edilince işte o zaman asıl yalnızlık başlıyor, işte o zaman gökyüzüne bakıyorsun ve bir yazı çıkıyor: "Oyun yeni başlıyor."

Sarılmak,
günler süren misafirlikten sonra
evinin kapısını açınca oluşan o huzurdur.

Sarılmak,
gücün kalmadığında
kendini şarj etmektir.

Sarılmayı benim kadar sen de severdin ama sen tercihlerini yılan ve yalandan yana kullandın.

Sarılmanın ve sadeliğin üstünlüğünü kabul ediyorum.

En büyük hatam,
ileride onunla bir aile kuracaksın deyip
defalarca affetmemdi.

En büyük hatam,
sarılmamdan sıkılır belki diyerek
sarılmaları kısa kesmemdi.
Keşke sıkılana kadar sarılsaydım.

En büyük hatam,
seni herkese anlatmamdı
ama nereden bilebilirdim ki
beni bu denli pişman edebileceğini?
İlk defa böyle hissediyordum.

En büyük hatam,
hatalarını görmezden gelmekti.

En büyük hatan ise,
dürüst olmayışındı.

Ben her şeyi affedebilirdim ama
güvenimi kıran bir insanı affederek
onun sebep olduğu hatalarıma
bir yenisini ekleyemezdim.

Ormanlarımda yangınlar çıktı,
yağmur olup yağdın.

Şehirlerimi seller bastı,
duba olup kurtardın.

Kuzeyimde heyelanlar oldu,
Anka kuşu olup kaçırdın.

Anlamıyorum
nasıl olur da bir çakıl taşına takılıp
beni uçurumdan düşürdün...

Kaybetmeye alıştım ve tahammülüm yok artık, bu şu demek oluyor. İnsan silmekte cömertleştim, en ufak hatanda seni de silerim hayatımdan.

Çünkü ben bunun cevabını öğrenirken büyük bedeller ödedim.

Sen benim kendimle verdiğim üçüncü dünya savaşımsın. **İçim gel diye yalvarırken, dışım gelmemen için bütün silahlarını kuşanmış.** İçim gardının en düşük olduğu anı bekliyor dışımı yenmek için, yani geceyi bekliyor. Sırf bu yüzden geceleri erken yatmaya başladı dışım. Onlar hayatımı düzene soktuğumu sandılar...

Herkesin "hayat dolu" olarak tanıdığı beni özlüyorum ve buna rağmen hâlâ senin yokluğunu tercih ediyorum...

Sınavdan çıktık, dört kişiyiz. Diğer sınavı beklerken fakülteye yakın bir kafeye oturduk. Demli bir çay istedi herkes, ben limonlu soda istedim her zamanki gibi. Sodam geldi ve ilk yudumu alırken karşı masada birinin gözleri üzerimdeydi. Sanırım farkında olmadan biraz uzun baktım ve gözlerini titreterek kaçırdı. İnanamıyordum, resmen oydu. Üç yıldır hiç görmemiştim ve oydu. Bir insan bir insana nasıl bu kadar çok benzer, bunu kendime soruyordum. Tam unuttum derken en son üç sene önce bu hızda atan kalbim nasıl bu kadar hızlı atabiliyordu? Üstelik o da değildi, benzeriydi... O olsaydı kim bilir nasıl olurdu diye düşünmeden kendimi alıkoyamıyordum. Masadakiler bendeki garipliği ve donuk yüz ifademden olsa gerek yolunda gitmeyen bir şeyler olduğunu anlamış olacaklar ki ne olduğunu sordular. "Bir şey yok, sınavları ne yapacağımı düşünüyorum," diye geçiştirsem de karşı masaya bakmaktan kendimi alıkoyamıyordum. Hayatımda daha önce hiçbir insanla bu kadar çok tanışmak istememiştim, zaten o cesareti de kendimde göremiyordum. Ama ani çılgınlıklar yapmayı seven birisiyim ve onun masadaki arkadaşının lavaboya kalktığı görünce dayanamayıp karşı masaya yöneldim, masaya yaklaştım ve "Çok özür dilerim, sizi yakın zamanda kaybettiğim bir yakınıma çok benzettim, bu yüzden mal gibi dakikalardır size bakıyorum, rahatsız ettiysem özür dilerim. Biraz sohbet etsek sorun olur mu acaba?" diye olabildiğince dostça yaklaşmaya çalışıyordum. Şaşkın ve korkak bir yüz ifadesiyle, "Olur," demişti. İçim o an o kadar huzurla dolmuştu ki, kredi kartının ay sonu ekstresini ödemiş gibi bir rahatlık oluşmuştu içimde. Yaklaşık bir saat sohbet ettik ve bu süre zarfında sürekli seni aradım karşımdaki insanda, mimiklerinde, gülerken hafif eğri olan ön dişleri gözükmesin diye ağzını kapatışında, konuşurken gözlerinin içinin gülmesinde... Her şeyiyle bir insan bu kadar mı benzeyebilirdi? Bir yandan canım yanıyordu; dokunmak, sarılmak istiyordum. Ama sapık sanılmaktan korktuğum için içimden geçirmekle yetiniyordum. Ne de olsa dakikalar önce tanıştığım bir insandı.

Ve ayrılma vakti gelmişti. Klasik tanışma ve veda cümleleriyle muhabbeti sonlandırıp kendi masama geçmiştim. Aklımdan dile getiremediğim, tarif edemediğim birçok şey geçiyordu. Bir insana sadece benzediği için nasıl bu kadar ilgi duyup, heyecanlanıyordum? Hem de aradan geçen üç yıllık bir süre zarfında onu hiç görmememe rağmen. Unuttum derken sadece benzeyen bir kişi beni nasıl bu kadar kolay yenebiliyordu? Bu sonsuza kadar böyle mi gidecekti? Hiç mi unutmanın bir yolu yoktu? Yoksa aşk denen şey bir tür hastalık mıydı? Bilmiyorum ama benim artık gücüm kalmadı. Kazandığımı zannettiğim savaşlarda bile ortada düşman yokken teslim olabiliyorsam, hayatta verdiğim bu mücadele, verdiğim onca zafiyet... Hepsi yalanmış... Beni herkes güçlülüğümle tanırken, benim zaaflarıyla sınanan ve her seferinde zaaflarına yenilen biri olduğumu fark etmek açıkçası bana da sürpriz oldu...

Sana her zaman *böyle yapma, şöyle yap* diyecekler. *Ben olsam asla yazmam ama yine de sen bilirsin* diyecekler, *ben senin iyiliğini düşünüyorum üzülmeni istemiyorum* diyecekler ama en çok onların üzdüğünü sonradan fark edeceksin. Onları dinleme, af edersiniz ama bekâra karı boşamak kolaydır. Senin hislerini onlar yaşamadığı için daha kolay yorumlar yapabilecekler ve bu yorumlar genelde yapıcı olmak yerine yıkıcı olacak. Demek istediğim **ilişkilerinde başkalarının fikirleriyle hareket ettiğiniz sürece mutsuz olmaya mahkûmsunuz.** Önce kendinize güveniniz olsun, sonra karşınızdakine güvenirsiniz.

Kaybetmeye alışmış insandan korkacaksın... Çünkü onun tahammülü kalmamıştır artık. Bu yüzden ona bir şey söylerken iki kere düşünün çünkü insan silmekte yeterince cömerttir. Sildikleri iyi bilir...

Uzun uzun yazdıktan sonra ya ben niye anlatmaya çalışıyorum ki deyip bütün yazdıklarını silersin ya, işte ben de yüzüne bu yüzden uzun uzun baktıktan sonra bir şey demeden yürümeye devam ettim. Çünkü bu zamana kadar söylediklerimin hiçbir faydasını görmedim, bu saatten sonra söylesem ne olur?

Teşekkür ederim;
Ben iki insanın birbirine âşık olabileceğine inanmazdım.
Genelde bir taraf sever,
diğer taraf âşık olur klişesine inanırdım.
Bana iki tarafın da
birbirine âşık olabileceğine inandırdığın için...

Teşekkür ederim;
Nefret ettiğimi sandığım insana
bir o kadar sevgi beslediğimi
fark ettirdiğin için...

Teşekkür ederim;
Yüzlerce kötü gün yaşatmasına rağmen
bir güzel günün
bütün kötü günleri
unutturabileceğini gösterdiğin için...

Teşekkür ederim;
İnsanın zaaflarının kumdan bir kaleden ibaret olduğunu
ve senin içimi yakan bir deniz olduğunu
öğrettiğin için...

Teşekkür ederim;
Duygusuz, umursamaz olarak tanınırdım.
Ne kadar duygusal olduğumu herkese
gösterdiğin için...

Teşekkür ederim;
Olgunluk denen bu kavrama
acı çekmeden asla ulaşılamayacağını
öğrettiğin için...

Teşekkür ederim;
Seni başkasıyla hayal etmek bile
sinir krizi geçirmeme sebepken,
başkasıyla fotoğraflarını
gösterdiğin için...

Teşekkür ederim;
Bir insana teşekkür edebilmek için
aslında ne kadar çok sebebin var olduğunu
gösterdiğin için...

Teşekkür ederim;
Üç yıl boyunca birini hiç görmeden,
dokunmadan sevilebileceğimi
öğrettiğin için...

Teşekkür ederim...
Ya da etmiyorum...
Niye biliyor musun?
Çünkü sana artık
teşekkür bile edemeyecek kadar
yokum.

Seni ilk gördüğümde anlamıştım çok canımı yakacağını ama elimden hiçbir şey gelmiyordu. Büyülenmişim gibi beni sana çeken bir şey vardı. Resmen ayağımın altındaki tabureye tekme atacağın günü bekliyordum.

Uzun zaman oldu... Doğru söylemek gerekirse uzun süredir aklıma gelmiyordun. Unuttum sanıyordum... Bitti artık, bir daha aklıma hiç gelmeyeceksin sanıyordum. Kurtuldum diyordum ama beni defalarca olduğu gibi bu sefer de yanılttın. Allah'ım anlamıyorum bir insan bu iç yanmasını nasıl olur da yıllardır söndüremez. **Anka kuşu gibi sönüp sönüp küllerinden doğuyorsun ve sen her doğduğunda ben biraz daha ölüyorum.**

Yazık ettin bize...

Benim arabalara zaafım vardır, bilirsin. Belki inanmazsın, belki saçma gelir ama inan birine âşık olduğun zaman hani bakmaya doyamaz da saatlerce bakarsın, Allah'ım ben ne sevap işledim de bana bunu nasip ettin dersin ya, aynı şeyleri arabama hissediyordum ve ben o arabaya her yalnız bindiğimde yan koltukta seni hayal ettim. Ergence gelebilir fakat insan sevince çocuklaşıyor. Bundandır bu çocuksu hislerim.

Yazık ettin bize...

Ben senin hakkında iki kelime laf bile ettirmezken araya başka insanları soktun. En kötü olanıysa onları dinledin... Onlara inandın... Biz daha birbirimize güvenemiyorken başka insanlara güvendik. Soruyorum kendime, ne bekliyordun ki?

Tahminen
bana **ne zaman** nar ayıklarsın?

Tahminen
ne zaman Beşiktaş sahilde
boğaza karşı sıcacık kestane yeriz?

Tahminen
ne zaman beraber kamp yaparken
sabaha karşı ayazda üşüyüp
birbirimize sarılırız?

Tahminen
ne zaman İzmit sahilde
kâğıt helva arasında dondurma yerken
bisiklet süreriz?

Tahminen
ne zaman kavga ettikten sonra
gülüşerek barışırız?

Tahminen
ne zaman sosyal medya hesaplarında
fotoğrafımı paylaşırsın?

Tahminen
ne zaman sen göğsümde uyurken
uyanma diye saatlerce hareketsiz beklerim?

Tahminen
ne zaman beraber
Galata'ya çıkarız?

Tahminen
ne zaman pijamalarımızı giyip
beraber sabaha kadar dizi izleriz?

Tahminen
ne zaman diğer insanların varlığını
unutturursun?

Tahminen
ne zaman gecenin bir yarısı yola çıkıp
Kadıköy'e kokoreç yemeye gideriz?

Tahminen
ne zaman çalışmak istersin
ve ben izin vermedim diye
kavga ederiz?

Tahminen
ne zaman beraber otobüs yolculuğu yaparken
dinlenme tesisi soğuğundan sonra
otobüse binince ısınmak için sarılırız?

Bipolar bozukluk...

Bu hastalığı birçoğunuz duymuşsunuzdur. Ben ise bunu tam üç sene yaşadım. Bir yandan depresyon, bir yandan bipolar bozukluk, bir yandan "o"... Gerçekten tahammül edilebilecek bir durum değildi. Bunu çevreme olabildiğince yansıtmamaya çalıştıysam da olmadı.

Bir gün çok mutluyken, herkese sevgi pıtırcıklığı yaparken ertesi gün herkesi öldüresim geliyordu. Yolda yürürken göz göze geldiğim insanlarla kavga ediyordum ama içimde inanılmaz bir öfke vardı insanlara karşı. Bunun normal olmadığını biliyordum ve çoğu zaman kendimden nefret ederek sinir krizlerine giriyordum. O filmlerde gördüğünüz gibi intihar etmek o kadar kolay bir durum değil. Herkesin gözü yemez, yani benim yemedi.

Ailem üzülmesin diye intihar planlarımı sürekli erteledim. Belki de cehennem korkusundan cesaret edemedim. Çünkü intihar bir çözüm değildi. Yağmurdan kaçarken doluya tutulmak pek mantıklı değildi. Mantığım bunları dese de kendimi pencere kenarında asfaltı izlerken çok bulmuşumdur. Tepkilerime arkadaşlarım anlam veremediği için yalnız kaldığım dönemler de oldu. Sabır eşiğimin düşük oluşuyla parlayışlarım da aniydi.

Siyah gözlerinde
yemyeşil ormanlar
vardı.

Saç renginden anlamıştım;
ihanet sarısıydı.

Her şey o kadar güzeldi ki
ihtimal vermek
istemiyordum.
Yaşanacak
bir sürü
güzel şey varken,
Bu yaptığın
iş mi şimdi?

Bazen beni merak etmene öyle ihtiyacım oluyor ki. Bana bir şey olsa da yanıma gelsen diyorum çünkü herkesin ölerek üzmek istediği biri vardır.

Üzülme bağımlısıyım.

Kendime en yakın bu kelimeleri buluyorum.

Çok değer verdiğim insanların bana yaptığı hatalara bile ***"keşke yapmasaydı"*** diyerek üzülüyorum.

Ve insanı bazen tek bir kelime öldürebiliyor. Sonra geceye sarılıyor, şarkılara tutunuyor.

Hiçbir şey için ümidim yok
    ama gözlerini görsem
    belki
    her şey değişir.

Olup bitenlerden sonra, ölüp gidenleriz.
Harcanacak yıl kalmadı,
    harcayacak kalbi de aldılar.
Belki de sadece geçmişe dönüp gidenleriz.

En çok da ben burada hasretinle boğuşurken
    senin hiçbir şeyden haberinin olmaması
    canımı sıkıyor.

Bütün güzellikleri aldın buradan,
    yazımı kış ettin.
Artık baharlar getirsen
    ne fayda?

"Bir gün kavuşma ümidiyle," diye bir son cümlesi kurmak isterdim ama ben gerçekçi biriyim, bilirsin. Böylesi daha gerçekçi olur sanırım:

"Bir gün kavuşma ümidiyle
kurduğum hayallerin
mahvoluşunu izledim."

Kırgınım sana
Ve sensiz olan her şeye.
Dönmeyecek olman,
sevecek olmama engel değil ki.

Bu sefer böyle deneyelim:
Küçüklüğümüze dönelim,
Ama bu sefer büyük sevmeyelim.
Özlemek kaybetmektir,
Kaybettiklerimi özlüyorum.
Mesafeler varken sevemezsin diyorlar,
Onlar seni görmemişler.
Sonsuzluğa giden bir aşk var bende,
Onsuzluğa rağmen...

Tek dileğim,
ya bu ömür
ya ondan sonrasında
ellerini bir kez daha
tutabilmek.

Unuttum diye bir yalan var, kendimi düzenli periyotlarla inandırıyorum. Biri seni sorunca anlamıyormuş gibi yapıyorum, ısrar ederse, "Unuttum abi," diyorum. Bir tek ben biliyorum unutmadığımı, bir de Allah. Sen de bilmeyeceksin, kendi içimde halledeceğim. Söyleyebileceğim çok şey var fakat ne önemi var ki deyip geçiştiriyorum çoğu zaman. Bildiğim tek şey; **seni görmek, seni sevmekten daha zor.**

Tarih kitaplarında yazmaz ama geceleri uyumak için kendinle verdiğin kavga da bir savaştır.

Üç seneden sonra ilk defa karşımdaydın. Hâlâ aynısın ama değişmişsin de. Sen böyle gülmezdin mesela artık gözlerinin içi gülüşlerine eşlik etmiyor. Eskiden öndeki dişinin eğriliğinden çekinir, ağzını kapatarak gülerdin artık bunu dudaklarını sıkarak yapıyorsun. Eskiden bu kadar dar giyinmediğin gibi bu kadar da geniş davranmazdın. Eskiden daha utangaçtın, bazı şeylere alışmışsın demek ki, senin için sıradanlaşmış. Değiştirmiş işte seni İstanbul. **Keşke hiç görmeseydim seni, hayallerimdeki gibi kalsaydın.** Benim bu dünyaya dair hiçbir inancım kalmadı. Sıfırım, nötrüm, tükendim, bittim artık. Yok, olmuyor, ne güvenecek ne de inanacak gücüm kaldı. Hiç bu kadar dağıldığımı hatırlamıyorum.

Hep ne kadar benzediğimizi söylerdim,
yanıldığımı bana gösterdiğin için
teşekkür ederim.

Sen sevgi nedir bilmiyorsun, sadece kontrol altına alabildiğin insanları seviyorsun. Kontrol altına alamadıklarınla da düşman oluyorsun, bu yüzden yalnız kalmaya mahkûmsun sen. **Benimse yalnızlığımın sebebi, kimseye eyvallahımın olmaması.**

Geçmişi hatırlamak
ve onları bir daha hiçbir zaman
yaşayamayacağının farkında olmak
aynı şey gibi:

Defalarca uçurumdan atlayıp
ölememek...

İnan vazgeçmek sorun değil. Seni unutabilirim ama ben sana karşı olan hislerime ve heyecanıma yazık olmasından korkuyorum...

Bizim hiçbir zaman düzgün bir ilişkimiz olmadı. Hayatıma ne tam anlamıyla girdiği gün belli ne de çıktığı gün. Biz defalarca başladık, defalarca bitirdik ve bunlar çok büyük yorgunluklar doğurdu. O beni dün gece arayınca bir şey hissetmedim, biliyor musun? Sadece dakikalarca telefona baktım. **Eskiden tek bir mesajıyla benim mutluluktan gözlerimi dolduran insan nasıl olur da artık koskocaman bir boşluk olmuştu...** Ben, beni bu hissizlik sokağına soktuğu için üzülüyorum.

Hayatıma istediğin gibi girip çıkmana ben izin verdim. Bunların sebepleri vardı ve bazı sebepleri yine sen okursun da üzülürsün diye yazamıyorum bile. Ama birkaç tanesini sıralamak istiyorum her canımı sıktığında ***bu evleneceğin kadın, çocukların olacak bu kadından, üzme bu kadını*** deyip alttan aldığım için. Her canımı sıktığında çiçekli bahçelere güllü yollardan geçilmediğini bilerek alttan aldığım için. Her canımı sıktığında odamızın duvarlarında olan aile fotoğrafını görme hayali için alttan aldım ama her seferinde o duvarların altında kaldım. Bilmiyorum, belki de kendimi kandırıyorumdur. Hayatıma istediğin gibi girip çıkmana ben izin vermişimdir. Çünkü **herkese karşı güçlü olan ben, sana karşı anaokulunda ilk gününü ağlayarak geçiren bir çocuk gibiydim.**

Bilirsin, sınırlarım keskindir benim. İnsanlar sanıyor ki bunu kolaylıkla yapıyorum. Ben bu seviyeye gelebilmek için kaç darbe aldım bilmiyorlar tabii. Onların tek bildikleri sert, duygusuz, sinirli biri olduğum. Ama bu seviyeye nasıl geldiğimi soran olmadı hiç. Neler atlattım, kimlerden vazgeçtim, kimlerden nefret ettim, neden uyumuyorum, neden kolay kolay derdimi anlatmıyorum, neden hiçbir şeyi takmıyormuş gibi yapıyorum, bunların hiçbirinin sebebini bilmiyorlar. Bilmeden, anlamadan sadece konuşuyorlar. İnsanlar o kadar acımasız ki karşısındakinin de bir insan olduğunu çoğu zaman unutup, kalpleri yokmuş gibi yorumlarda bulunuyorlar. **Bak, yine konu dağıldı. Neyse, pek bir önemi yok, zaten ben de dağıldım.**

Ben her şeyi uçlarda yaşarım,
bilirsin...

Ya nefret ederim,
ya umurumda olmaz,
ya dost edinirim,
ya selam bile vermem,
ya sımsıkı sarılırım,
ya yüzüne bile bakmam,
ya çok içten gülerim,
ya yüzüne küfredermiş gibi bakarım,
ya çok severim,
ya hiç sevmem.

Gri yok benim hayatımda,
ya gözlerin kadar siyah,
ya gelinliğin kadar beyaz.

Eskiden gri havaları severdim,
Ankara kadar gri havaları.

Siyah ve beyaz kadar net olamayan dengesiz insanların gri tavırlarından bahsetmiyorum tabii. Her ne kadar netliğin üstünlüğünü kabul etsem de ne yağmur yağacağı belli ne de güneş açacağı belli olan dengesiz, gri havaların kölesiydim bir zamanlar.

Şimdilerde ise bana seni hatırlatacak her şeyden son sürat kaçıyorum. Çünkü eskiden ufak da olsa umudum vardı biz olabileceğimize dair. Ama artık ne gücüm kaldı ne de umudum. **Tükendim.**

Siz dost aramıyorsunuz, size itaat edecek köle arıyorsunuz. Yaşıtlarıyla anlaşamayıp sadece kendinden küçükleriyle ve büyükleriyle anlaşabilen insanlardır genelde bunlar. Hatayı karşı tarafta ararlar hep. En ufak tartışmada kolayca kalp kırabilir, lafını esirgememesiyle övünür. Mantıklı düşünüyorum, deyip karşı tarafın kırılıp kırılmayacağı, ayıp olup olmayacağı umurunda olmaz. Ama gerçekten "dost" olan biri karşındaki kırılmasın diye çoğu zaman cümlelerini yutar. Birçok şeyi görmezden gelir, birçok kez fedakârlık eder. Bunları hiçbir zaman yapmamış insanlar da dünyada insanlığın öldüğünü, gerçek dostun olmadığından yakınır. Yaşıtlarıyla fikirleri çoğu zaman çatıştığı için onlarla da anlaşamaz. Onu sürekli pohpohlayan insanlarla dostluk kurar. Kusura bakmayın ama siz dost aramıyorsunuz, size itaat edecek köle arıyorsunuz.

Onun hafife alarak söylediği şeyler
benim için çok ağırdı.

Kimi zaman sustum, *konuş* diye bağırdı.
İçini ben hariç herkese kustu,
Bana kalansa kahırdı.

Onların dediği her şeyi duydu
ama bir tek bana sağırdı.

Bugün yabancıyız,
dün sorsan beni herkesten çok o tanırdı.
Ama unutma,
sevgi denen bu sandalı
üçüncü kişiler batırdı.

İnsanların kendine bile itiraf edemediği şeyleri yüzüne vurmaya devam ettikçe yalnız kalmaya mahkûmsunuz. Sevgi denizinde kalp kırmamayı ve empatiyi öğrenemediğiniz taktirde, attığınız her kulaçta biraz daha boğulacaksınız...

Her geçen gün daha da nefes alıp veren bir zombiye dönüşüyorum. Öyle bir seviyeye geldim ki sınırlarım hiç olmadığı kadar keskin, tahammülüm hiç olmadığı kadar yok, güvenmek desen o da sıfırlandı. Dilerim bu seviyeye gelecek tecrübeler yaşamaz benim çocuklarım, çünkü o zaman **yakarım hepinizi.**

Bana öyle bir ders verdin ki artık hayal kurarken bile haddimi biliyorum.

Unutursun beni, çok zor bir şey değil. Bulunmaz Hint kumaşı da değilim. Benden daha iyileri de var. Sadece yapman gereken, hayatına başkalarını dahil etmek. Ama unutma; bilmediğin yollara saparsan kaybolursun ve bu sefer ben **oralardan geçsem bile seni görmezden gelirim.**

Niye her zaman dünyanın en büyük derdi sizdeymiş gibi davranıyorsunuz? Tamam, zaman zaman benim de dertlerimi çok büyüttüğüm, altından bu sefer kalkamayacağım dediğim dertlerim oluyor ama her seferinde benden daha kötü durumda olanları düşünüyorum.

Unutma, sendeki derdi
nimet sayanlar var.

Ayrıca bu dünyaya sürekli mutlu olmaya, gününü gün etmeye gelmedin kardeşim. Bu dünya sınav dünyası, herkesin bir sınavı var. En zengininin de, en fakirinin de, en güzel vücutlusunun da, en kötü fiziğe sahip olanın da bir derdi var. Sen şükretmeyi bilmezsen tabii ki mutlu olamazsın. Sen bütün gün evde bilgisayar oynarsan, sen bütün bir haftayı sadece bomboş yatarak geçirirsen kusura bakma da mutsuz olmaya mahkûmsun. Hobi edin der herkes, klişe gibi görünse de bunun ne kadar önemli bir aktivite olduğunu birçok insan bilmiyor. Çünkü insan boş oldukça düşünüyor, boş oldukça depresyona giriyor. Size düşünmeyin demiyorum; düşünmeden yaşayan insan koyun sürüsünden farksızdır benim için fakat size depresyona girmeyin de demiyorum. Her depresyon sizi biraz saha güçlendirecektir. Bunu şeye benzetebiliriz: **Düşüp yaralar açtığımız diz kapaklarımız her yara olup iyileştiğinde derinin biraz daha kalınlaşmasına.** Ruhumuz her depresyon çıkışında biraz daha güçleniyor, bu yüzden depresyona da ihtiyacımız var. Bunları her ne kadar söylüyor olsam da her depresyona girdiğimde hayatta kalmak için kendime yaşama sebebi arıyorum. Köpek aldım, kedi aldım, kuş aldım, balık aldım. Bunlar benim yaşama sebeplerimdi ama insanlar basit bir heves için aldığımı düşündüler. Her neyse. Konu yine tezgâhtan yere düşüp parçalanan nar gibi dağıldı, yani benim gibi, neyse... Yine hayırlısı dedikten sonra yarım bir nefes alıp yürümeye devam ederiz, "Biz neleri atlattık, bunu da atlatırız," diye teselli veririz. Kafamızı yastığa koyduğumuzda düşünmemek için bir şarkı açıp uyumaya çalışırız...

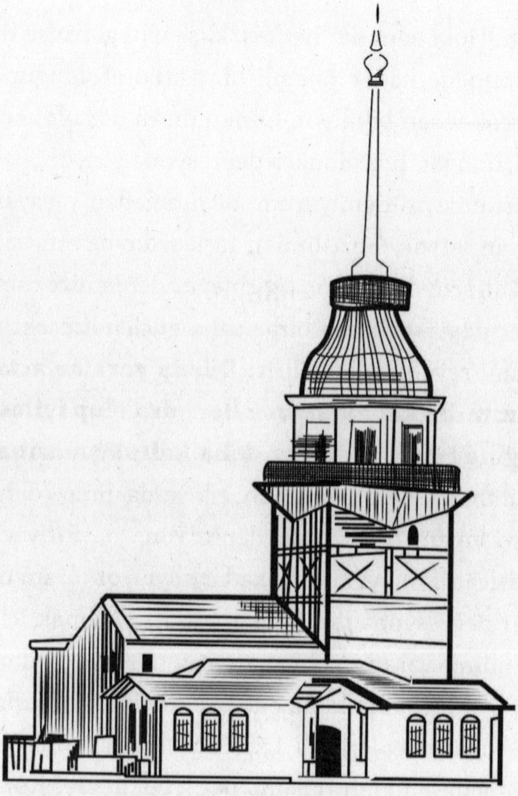

Bir rüya gördüm geçenlerde,
Kız Kulesi girmişti Galata'nın koluna.
Biz bile kavuşamıyorken rüyalarımda,
onlar kavuşuyor ya,
işte biz o kadar **imkansızız.**

Bir papatya için bütün gülleri koparmışız.
Bu da bizim ayıbımız.

Üzüm üzüme baka baka kararırmış mı denir, *körle yatan şaşı kalkar* mı denir, bilmiyorum ama sonunda beni de dengesizleştirdin. Kimi zaman *seni sevmediğimi, artık unuttuğumu* söylüyorum insanlara kimi zamansa *hâlâ ilk günkü gibi sevdiğimi, en saçma pop şarkılarında bile aklıma geldiğini* söylüyorum.

Bana bıraktığın tek şey çelişkiler.

Sana anlatmadığım çok şey birikti. Belki bunları bilsen beni daha çok seversin ama sana bu saatten sonra ne anlatılır...

Babanla kavga edince beni aramıştın. Hayatımda hiç bu kadar değerli hissetmemiştim. **Değer verdiğin kişinin en üzüntülü anında aklına geliyor olmak gerçekten bu dünyayı katlanabilir hale getiren ufak mutluluklardan.**

Bir şey bir anda popüler oluyor, sonra marjinal olmaya çalışan bir çeşit insanlar tarafından bu kötüleniyor ve popülaritesi azaltılma çabasına giriliyor. Aslında yapılan işi beğenmedikleri için değil, popüler olduğu için saldırıyorlar. Ve bu döngü kendimi bildim bileli böyle. Popüler ol, taşlan. Popüler ol, taşlan. Bu döngüden sıkıldım. Hayatta tek başarısı üniversite kazanmak olan insanların emek verip bir şeyler başarmış, bir şeyler üretmiş insanlara bu kadar kolay bok atabiliyor oluşundan rahatsızım. Ama unutmayın, Allah var. Hiçbir şey kimsenin yanına kalmaz, herkes kalbinin ekmeğini yer.

Çok unutkan biriyimdir, bilirsin. Ailem de çok şikâyetçi bu konuda. Fakat senin en ufak zerren bile aklımdan çıkmıyor. Aklımdasın başından beri.

Kaderin bir cilvesi mi denir, tesadüf mü denir, bilmem ama bazı tesadüfler insanın canından can alabiliyor. Birçok çocuk gibi Emre Aydın dinledim ben de ergenliğimde, bu yüzden yeri ayrıdır. İçimi ısıtır şarkıları ve az önce radyoda Emre Aydın'ın tam dört yıl olmuş dün şarkısı çalıyordu. Biraz duraksadım. Emre Aydın'ın yanlışı var çünkü "tam iki yıl olmuş dün". **Zaman nasıl bu kadar hızlı geçiyor bilmem ama bazı şeyler geçmiyor.**

Küçüktüm. Bilgisayar oynamayı severdim. Babam derslere önem veren birisiydi. Biraz da asker oluşunun verdiği etkiyle bizim evde hep disiplin vardı.

Hep disiplin vardı dediğime bakmayın. Mesela sadece hafta sonları bir saat kardeşim bilgisayar oynayabilir, bir saat ben oynayabilirdim ama bu saati salonda televizyon izleyen annemle babama üstünde "birer saat daha" yazan kâğıt uçak göndermekle artırabiliyorduk. Ama taviz tavizi doğuruyordu ve biz çoğu zaman hakkımızdan birkaç saat fazla bilgisayar oynuyorduk. Bunu şuna benzetiyorum: O haksızken bile empati kurup onu haklı çıkarmaya çalışmaya. Ya da sırf mutlu olsun diye birçok konuda kendinden fedakârlık edip sonucunun hep hüsran olmasına.

Her seferinde tavizin tavizi doğurup küçük hataların tekrarlanmasına ben istemeden izin veriyordum aslında. Kiminin zaafı kadınlara, kimininse paraya... Bizim zaafımızsa sevdiğimiz insanlara...

Eylülde, yanıma gel. Galata'ya çıkalım,
o eşsiz manzara bir de seni görsün.

Seni kırmamak için çevremde kim varsa kırdım ben, senin haberin bile olmadı.

Ankara'yı sevmezdim ben. Gri şehir derdim hep sana çünkü beyaz ve siyahı severim ben. Netliği, duruluğu, doğallığı severim. Şu an Ankara'yı bu kadar seviyor oluşum da benim kaybettiğim zaferim olsun. Bunu şuna benzetiyorum: Lisedesindir, okulu sevmezsin, arkadaşlarınla aran pek iyi değildir ama sonradan okula yeni biri gelir ve okulu bir anda sevmeye başlarsın, her gün okula gitmek istersin. İşte o gri şehrin bendeki yerini de buna benzetiyorum.

Gülüşü aklıma gelince gülümsediğim tek insansın, ben seni nasıl sevmeyeyim şimdi? Ses tonunda kar kütleleri olan birini ben nasıl sevmeyeyim şimdi? Kahverengi gözlerinde çiçek bahçeleri olan birini ben nasıl sevmeyeyim şimdi? Huzur sarısı saçlarına sevgi tarağı sürülmüş birini ben nasıl sevmeyeyim şimdi? Seni sevmek için daha onlarca sebep bulabilirim. Seni çok mutlu da edebilirim. Seni üzer miyim, bilmiyorum. Çünkü sabahları kahvaltı yapmadan çıkarım ben, ne bileyim içime atlet giymem, kışın dolaba soğuk su koyarım, üzerim seni anlayacağın. **Ama her şeye rağmen seni sevmeye onlarca bahane bulabilirim.**

Doktorlar bunu bilmez ama ***"her zaman kendinin haklı olduğunu düşünmek"*** de bir hastalıktır. Bencilliğin düşünceye vurmuş şeklidir. Empatinin Afrika'sı olan vücutlar, yaşama alanıdır. Genelde ***"ben haklı olmak istemiyorum, mutlu olmak istiyorum"*** diyerek yakınırlar. Karşı tarafa hak verdiği zamanlarda ise gururlarından ödün veremeyip özür dileyemezler. Ya da baskın tepkiler vermeye çalışarak haklıymış izlenimi vermeye çalışırlar. En büyük tesellileri ise olayları sadece kendi penceresinden anlatarak haklı olduğunu arkadaşlarına ispatlayıp onların da onayını almaktır. Ne kadar çevresindekilerin de onayını alsa, her yalnız kaldığında bu insan mutsuzlukla sevişir halde bulur kendini. Çünkü mutsuz olmaya mahkûmdur. Bu hastalığın tedavisi onları kendi hayatınızdan çıkarmaktır. Allah tüm hastalara acil şifalar versin, size de vicdan.

Galata'yla Kız Kulesi'nin kavuşma ihtimalinden daha düşük bizim kavuşma ihtimalimiz. O yüzden tüm belki'lerim öldü benim...